唤醒生命中的诗意

首届『诗词中国』传统诗词创作大赛获奖作品选

『诗词中国』组委会 编
刘扬忠 评注

中華書局

图书在版编目（CIP）数据

唤醒生命中的诗意：首届“诗词中国”传统诗词创作大赛获奖作品选 /“诗词中国”组委会编；刘扬忠评注．—北京：中华书局，2014.9

ISBN 978-7-101-10397-7

Ⅰ．唤…　Ⅱ．①诗…　②刘…　Ⅲ．诗词－作品集－中国－当代 Ⅳ．I227

中国版本图书馆 CIP 数据核字 (2014) 第 210760 号

书　　名　唤醒生命中的诗意
——首届“诗词中国”传统诗词创作大赛获奖作品选
编　　者　“诗词中国”组委会
评 注 者　刘扬忠
责任编辑　吴文娟
出版发行　中华书局
（北京市丰台区太平桥西里 38 号　100073）
http://www.zhbc.com.cn
E-mail:zhbc@zhbc.com.cn
印　　刷　北京市白帆印务有限公司
版　　次　2014 年 9 月北京第 1 版
2014 年 9 月北京第 1 次印刷
规　　格　开本 /880 × 1230 毫米　1/32
印张 12　字数 170 千字
印　　数　1- 3000 册
国际书号　ISBN 978-7-101-10397-7
定　　价　38.00 元

2013年7月6日，首届“诗词中国”传统诗词创作大赛举行了颁奖典礼。

中共中央政治局委员、国务院副总理马凯欣闻首届“诗词中国”传统诗词创作大赛活动硕果累累，圆满成功，特赋诗一首：

胜日群芳竞绽开，谁言根断叶凋衰。
山花遍地收难尽，更有奇葩夺目来。

他以此“七绝”贺首届“诗词中国”传统诗词创作大赛成功举办。并深情写道：“闻参与者过亿，新作数万，其中不乏好诗。又联想到约百年前胡适先生曾把格律诗列入‘陈腐文化’，打翻在地；约六十多年前连柳亚子先生也无可奈何地感叹‘再过五十年，是不见得会有人再做旧诗了’，感慨系之。”

首届『诗词中国』顾问与评审委员会

顾问：

冯其庸　叶嘉莹　白化文　袁行霈　林　岫　郑欣淼

评委：（按姓氏拼音首字母排序）

曹　旭　段晓华　顾之川　蒋有泉　景蜀慧　康　震

李树喜　刘青海　刘扬忠　钱志熙　屈哨兵　沈锡麟

施议对　宋彩霞　苏立康　隋丽娟　陶文鹏　王　玫

辛晓娟　杨　雨　曾大兴　张鹏举　赵京战　赵仁珪

郑福田　钟振振

出版说明

由中华书局发起，联合光明日报、中央电视台、中华诗词学会、中华诗词研究院、中国移动共同举办的首届“诗词中国”传统诗词创作大赛于2012年9月28日（孔子诞辰日）启动，2013年3月31日投稿结束，2013年7月6日举办“诗词中国”颁奖典礼。

大赛投稿平台开放4个月期间，参与活动的总客户数为2160.02万人，短信覆盖的总客户数达4367.1万人，累计短信参与总量为1.29亿人次。也就是说，在大赛期间平均每天有近24万人参与这项原创古典诗词的传播活动，这在中国的诗歌传播史上不能不说是一次令人难忘的文化盛事。大赛以手机短信和邮件为主要参与平台，运用网站、电视、短信、飞信等全媒体手段对大赛予以全程播报，实现了新技术与传统文化的完美结合，开创了全媒体、多角度普及传统文化的新思路。大赛展出的很多作品真情流露，生动有趣。这些作品，是百姓的诗，反映了时代声音和百姓心声，十分贴近生活。

本书内容分三部分：第一部分，“诗词中国”顾问与评委诗词作品赏析。本次活动邀请了冯其庸、叶嘉莹、白化文、袁行霈、林岫、郑欣淼等当代文化大家及刘扬忠、陶文鹏等一批知名学者参与整体指导和具体评审工作。为了让广大读者有机会与名家交流学习优秀传统诗词作品，我们收录了以上诸位学者的诗词作品，以飨读者。第二部分，首届“诗词中国”传统诗词创作大赛获奖作品选。此部分精选253首优秀作品，每首诗词作品后附有大赛评委刘扬忠先生的点评，吉林大学文学院教授王昊先生亦协助做了大量编审工作。点评内容涉及立意、炼句、诗境、用韵、法度等，不一而足，既有正面的肯定，也有不足之处的剖析与提点。第三部分，青少年分赛获奖作品选，此部分精选11首优秀作品，每首作品后附有作者的创作心得，年轻的诗词爱好者分享了他们与古诗词结缘的心路历程。

该书出版恰逢第二届“诗词中国”启动在即，因此亦具有了“承前启后”的意义。我们出版本书，意在使参赛选手的作品能够与广大诗词爱好者见面，听取他们的意见和点评。个中作品亦不免有瑕疵，但为着交流提高的目的，并未作删改，均以实貌示人。而收入“古风”中的诗作，有的应属律诗，只因个别诗作在格律对仗上仍有待改进，不可勉强归入律诗，然诗意颇佳，故收录古风参与评奖。

中华书局　“诗词中国”组委会

二〇一四年八月

传统诗词从复苏走向复兴（代序）

马凯

2012年9月28日，首届“诗词中国”传统诗词创作大赛正式启动。其时恰逢孔子诞辰2563周年。孔子是我国历史上最早倡导诗教的圣贤之一。在《论语》中，他说：“不学诗，无以言”，又说：“兴于诗，立于礼，成于乐”，还说：“诗可以兴，可以观，可以群，可以怨”。总之，在孔子看来，人们启蒙求知是从学诗开始的，学诗可以启迪心智、感发志意，可以提升眼力、博观事理，可以交流情感、促进合群，可以直抒胸怀、释放情绪。司马迁在《史记·孔子世家》中记载：“三百五篇孔子皆弦歌之”，是说《诗经》305篇，孔子都能把它们配乐歌唱。在孔子诞辰日启动“诗词中国”传统诗词创作大赛，再次向世人展示，尽管经过历史曲折，但先贤们创造的中国诗教文化传统并没有断失，相反仍在延续和发展。

几千年过去了，中华民族一代又一代人创作了大量脍炙人口的光辉诗篇，在记载历史、传承文化、启迪思想、陶冶情操、交流情感、享受艺术、丰富人们的精神世界、提升中华民族凝聚力、推动社会文明进步等方面发挥了重要作用。中华诗词有着无穷的魅力和强大的生命力。它以汉字为载体，把汉字“方块、独体、单音、四声”的独特优势发挥得淋漓尽致，按照合乎美学规律的格律规则，形成了同时兼有均齐美、节奏美、音乐美、对称美和简洁美的大美诗体，使诗作语言精练、易学好懂、上口好记，是世界上许多以拼音文字为载体的诗歌所难以比拟的。中华诗词是中华优秀传统文化宝库中的瑰宝，世世代代，多少人是吟诵着中华诗词认识汉字的，多少人是欣赏着中华诗词感悟中华文化的，多少人是吸吮着中华诗词的乳汁成长的。我们为我们的民族有那么多光彩的诗篇和杰出的诗人而感到骄傲和自豪！

我们十分欣慰地看到，中华诗词正在从复苏走向复兴。现在全国各省、市、自治区都成立了诗词学会，不少市、县也成立了诗词学会，许多机关、学校、企事业单位、部队也成立了各种诗社，各类诗词学会会员、诗友以数百万计，公开和内部发行的诗词刊物有数百种，每年刊登的诗词新作也以十万计，其中不乏精品力作。中华诗词在社会主义文化大发展大繁荣的浪潮中，在中国诗歌的百花园中，争相绽放，形势喜人，令人振奋。

本次“诗词中国”传统诗词创作大赛的开展，将会对方兴未艾的中华诗词热潮发挥积极的推动作用。人们期待着更多的工人、农民、知识分子、学生、官兵和其他社会各界人士关注中华诗词、热爱中华诗词、吟诵中华诗词、享受中华诗词，期待着人们创作出更多贴近生活、表现新境、反映时代、抒发真情的优秀诗作，期待着中华诗词更为广泛更加深入地走进学校、企业、农村、部队、机关，走上报刊、书籍、广播、电视、网络、视频、微博、手机短信，为推动中华诗词事业和弘扬中华民族优秀传统文化，为满足人民群众精神文化需求，为构建和谐社会和促进社会主义文化大发展大繁荣作出应有的贡献。

（本文引自时任国务委员兼国务院秘书长马凯同志在首届“诗词中国”传统诗词创作大赛启动仪式上的致辞，原文曾刊发于《光明日报》2012年9月29日第04版。）

诗词中国

CHINESE POETRY CHINESE DREAM

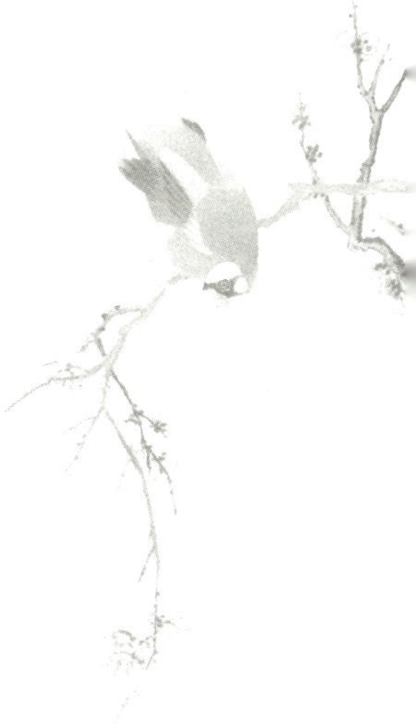

前言

近些年，一股和煦的春风，也就是传统诗词的研究与创作之风，在神州大地吹拂，越吹越有劲儿。它鼓荡着中华儿女中爱好传统诗词的老、中、青几个代群的心灵，唤醒了大家生命中的诗意！写吧，写吧，我们都来写吧！你瞧：前年，首届“诗词中国”传统诗词创作大赛就是在这样的文化环境中开始的！

这次比赛，参加者出人意料的多，优秀作品给评出来的多；参赛者中无论成就如何名次如何，心情愉快者也很多。他们共同的心情和具体的想法，可以以一位青年参赛者的“创作心得”为代表。她说：

假如天地之间有一超越时空、让人类心灵不死的生命，那就是诗词。

我是在诗词中成长起来的，从小就有幸学习历朝历代的优秀作品，认识作品中的古人。虽然我们相距千年，但我依然是他们的学生和知己，因为他们把自己真诚的生命和感情投注到诗词中，传给了后世的读者，使我们受到了感动，产生了共鸣。诗词为我们点亮了无数的明灯，能陶冶性情，升华品格，在不知不觉中使我们超越狭隘的个人得失，产生了对大自然、对社会的关怀。学诗的人是不会孤独，不会抱怨的，因为他有许许多多的诗人老师、诗人朋友引领他走向光明之路，他还有一颗足以容下数千年兴亡悲笑和大自然山河湖海的心灵。

愿所有的人都在诗词中找到这颗真善美的心灵，愿后人继续在诗词中得到生生不已的感动。

我对这位青年朋友的想法非常赞成。她视历朝历代的优秀诗人词客为自己的老师和朋友，我更是愿意向大家具体推荐一位堪为当代写诗填词人的异代知己者。清代“性灵派”著名诗人张问陶（1764—1814，号船山），既写诗，又有理论水平。他有《论诗十二绝句》，每一首在论诗的同时也在教人如何写诗。其中第三、第十二两首教得最好，说到了要害处。第三首说：

胸中成见尽消除，一气如云自卷舒。
写出此身真阅历，强于饤饾古人书。

第十二首说：

名心退尽道心生，如梦如仙句偶成。
天籁自鸣天趣足，好诗不过近人情。

前一首告诉我们，学诗者要会运气写诗，一气贯注，自然而然地卷曲或舒展。不要像某些书呆子那样罗列堆砌文辞（饤饾，是一个比喻：将食品堆叠在盘子里，摆设出来），而是要写出自己此身的真实阅历，才可能感动别人。

后一首告诉我们，学诗者千万不要有名利之心，必须把名利之心退尽，这样才会有领悟诗道之心。写诗应该不事雕琢，要追求自然之趣（天籁，自然界的音响，比喻自然之趣）。所谓好诗，就是写出了人的真实感情，同时又有自然之趣的诗。

这个“前言”要说的意思，上文已经大致说出来了。我们这本书所选的诗词都是上一次大赛参赛作品中比较优秀的作品，编这本书，就是对那次大赛的充分肯定。但从我们所写的评析文字中读者肯定会发现，上一次大赛的参赛作品还有某些不足。今后的创作，应该克服这些不足：比如，有少数作品，意思虽好但不合格律平仄；有些作品立意上锤炼不足，不含蓄蕴藉，不讲究诗韵词味；有些作品，过分讲究政治性，不知道诗词是艺术作品，不是政治宣传品，其中有些题材的作品虽应有政治性，但要含蓄地加以表现……即将开幕的新一届大赛的参赛者，应当认真地学习和吸取比如像张问陶这样的极为内行的古代诗人词客的意见，把诗词写好，写成艺术精品。这就是我们老、中、青几代人继续努力的方向。

刘扬忠

二〇一四年八月

目录

第二部分　首届『诗词中国』传统诗词创作大赛获奖作品选

一　绝句

二 律诗

三 古风

四 词

第三部分 青少年分赛获奖作品选

附录

诗词中国
CHINESE POETRY CHINESE DREAM

人人都应该具有文学的素养

叶嘉莹

我很早就有这样一个想法，觉得学科学的人，应该也跟文学结合起来。因为从古今中外的历史上都可以得到证明：最好的天才，富有创造性的科学家，像牛顿、瓦特，他们都是既有很锐敏的直觉感受，而且也具有很丰富的联想能力。

在中国历史上，东汉的张衡，他曾经创制了浑天仪和地动仪，是关于天文学和预测地震的两种很重要的科学上的创造发明；而同时，他在文学上也留下了不朽的、伟大的成就。他在东汉时代，是五言诗的一个非常好的作者。他的《同声歌》在早期的五言诗的作品之中，是很值得注意的一首诗。他不仅在五言诗的创作方面很有成就，而且对七言诗的创立也有很大影响。从他有名的《四愁诗》，“我所思兮在泰山，欲往从之梁甫艰。侧身东望涕沾翰”，我们可以看到，他是把《楚辞》里有“兮”字的体式，跟没有“兮”字的七言的句子结合起来了。他是从《楚辞》的有“兮”字的七言形式过渡到没有“兮”字的单纯的七言诗的一个重要作者。不但如此，张衡还写有那长篇伟制的《两京赋》，以及短小的抒情赋，可以说没有一种体裁是他写不好的。他是同时在科学上、文学上都有成就的一个人。我认为这是非常值得注意的一点。

还不只是从中国和外国古代的科学家及艺术家可以得到这样的证明。我在台湾教过很多年书，历代文选、诗选、词选、曲选，还有各种诗人的专书，我除了教这些课以外，我还教过一门课——大学国文。那时的台湾，他们在高考时也是举行全台湾的联合招生考试，按成绩来录取的。那时候台湾大学在台湾省里是成绩最好的一个学校，大家总是把第一志愿填上台湾大学。到了台湾大学以后，无论是文科、理科、工科、商科……所有的科系，必修大一国文。而在联考招生时，学生的程度不整齐，有的高，有的低，要是把程度不一的学生放在一个课堂来教，老师就很伤脑筋。讲快了，程度低的同学跟不上；讲慢了，程度高的同学感到很无聊。所以，他们把各学科学生的大一国文、英文，按照入学考试的成绩来分班。他们把国文成绩最好的一班让我来教。

而我发现了什么？我发现那些国文最好的学生，大部分不是文学院的学生，而是理学院的学生。因为我同时也教中文系的课程，所以二者一相比较，我就发现许多颇有文学天才的学生都去读理学院了。因为他们觉得，比较起来，学中文没有什么实用价值，所以他们虽然也很有文学的兴趣，但是当他们填报大学志愿的时候，他们都填报了理学院的志愿。从那个时候起，我就有一个很强烈的感受，我认为他们学理科是好的，他们可以作出更大、更多的科学方面的贡献，但是我同时也就遗憾他们有那么好的文学天才，竟跟文学疏远了、脱节了，把他们那么好的天才，白白地浪费了。我认为这是天下最可惜的一件事。所以，我是从一二十年以前，就有了这个念头，我觉得理学院的同学们，他们学理科，这是好的，是应该鼓励的，可是同时，他们如果有文学的兴趣，我们也应该帮助他们发展这方面的兴趣，使他们成为文理兼长的，富有创造性的人。这样的人，我相信：文学，他们可以有成就，而理学也可以从直觉的锐敏的感受和丰富的联想，能够有更好的科学上的创造和发明。

我学习的是古典文学，而我这几十年沉浸在古典文学之中，我也研读，我也写作，我也教书，我就发现，中华民族的精神、品格最美好的一面，是保存在我们的古典文学之中的。屈原、陶渊明、杜甫、李白、苏东坡、辛稼轩……那些古代的诗人们，他们的作品里边，所含蕴的那一份丰富的、美好的、崇高的品质，他们的理想，他们的品格，他们的志愿，他们的感情，他们的修养，我觉得那是非常可宝贵的，我觉得应该让我们的年轻人在这美好的文学里边，汲取到我们中华民族最宝贵的一份文化上的营养。我们应该把我们所知道的传给我们下一辈的人，这是我们的责任。

我虽然是散木，但是我“难忘诗骚屈杜魂”，我没有办法忘记他们这些人的品格、感情，因为我真是被他们感动了。我的一个亲戚写信来开我的玩笑，他说：“我们大家都不理解，你这么大年岁了，还东奔西跑。”（我1945年毕业，明年就毕业四十年了，毕业四十年了，也就是教书教了四十年。我从来没有休息过，连暑假我还不休息，从外国跑回国教书）他们说：“我们不理解这个做人的态度……你这是苦行僧，还加了传教士。”我说：“是的，如果说我传的是诗教，而且是广义的诗教，要把中国诗歌里边这一份崇高、美好的思想、感情、品格、修养传下来，那我真的是有这样的理想，我也真的是有这样的意愿和感情的。”

（本文选自《叶嘉莹说诗讲稿》。内容为1984年作者在北京经济学院所做的讲演，由杨彬整理。）

山花也有广寒枝

林岫

春兰秋桂，香味清淡高雅，入盆供案，先有了登堂入室的待遇，再经三闾大夫屈原的赞美和广寒宫里吴刚玉斧的斫剁，那还了得。其实，兰桂原本都是山沟沟里土生土长的花。山花花未必不好，不也有了广寒宫的身价吗？拿这件事来说做诗，那山花花就好比是凡夫，“未必凡夫无好句，山花也有广寒枝”，你敢说没有道理？

做诗，并非只是诗人的“专利”。民间无名凡夫，偶尔吟出好诗，也一样让人恭敬。据说明代时，杭州有一富家美貌小姐王瑛，不喜针线，专好琴棋书画，欲择良婿，条件是贫富不计，只要诗好。前来试诗者中有位钱公子，携一书仆，名叫甄秦。通报姓名门第后，小姐见主仆二人一肥一瘦，笑道：“何不以李清照的‘绿肥红瘦’分嵌二句做来？”钱公子抓耳挠腮，越着急，越目瞪口呆一字不出。这时书仆甄秦已经低声道出二句：“柳恨绿肥犹自舞，豆怜红瘦总相思。”前句说绿柳，后句说红豆（相思豆），又恰好分别嵌入“绿肥红瘦”四字，极妙。小姐一听，暗自叫好，再一思量，甄秦如今不过书仆，已经人穷志大，才情不浅，日后前途焉可限量？所以，不待那钱公子醒过味儿来，早已让丫头传话与老爷道：“草包岂得成花卖，只要真情（甄秦）不要钱（钱公子）！”

书仆，当属凡夫，但甄秦出口不凡，就不简单，应该得到王小姐的青睐。王小姐慧眼识才，也非一般俗女子所能为。甄秦得此红颜知己，是大喜之幸。此事此诗，在江浙民间传播甚广。笔者以为，那些心甘情愿为甄秦作免费宣传的人，至少得有王小姐般的慧眼和识见，对比那些“舟子樵夫焉得有诗”的世俗之见，能不给识者报以掌声？

北宋《唐语林》说，湖南衡山“下人（即凡夫）多文词，至于樵夫，往往能言诗”。尝有广州幕府夜间忽闻舟子吟诗，一打听，乃舟子自己所作。其中有一首思家诗曰：“野鹊滩西一棹孤，月光遥接洞庭湖。堪嗟回雁峰前过，望断家山一字无。”说自己在外孤单辛苦，唯有一轮能照到洞庭湖边的故乡月亮可以相慰。现在船已经在回雁峰（相传大雁至此便不再南飞）前驶过，望断家山，还没有得到亲人的消息。诗情真挚，如对面诉说，非常感人。比比李白的“举头望明月，低头思故乡”，似不多让。

凡夫往往不录名姓，苟能辑录，也是录诗而无有名氏。自古以来能有幸传载于书籍的无名凡夫之诗，大都比较精彩。据江苏《如皋志》载，南宋淳熙年间（1174—1189），东孝里庄园有一株紫牡丹，无种而生，枝叶繁茂，花形硕大，十分珍奇。当时有位官吏，想移花于私家园中，独占花魁。没承想，让人方掘土尺余，忽见一石，上刻有诗："嘉赏容留众客怜，岂能挖藕采红莲。此花琼岛仙家种，不许人间俗眼看！"官吏惊骇，慌忙掩土，再也不敢移栽。此诗应是花匠所作，刻诗埋石于花根，可以刺贪镇邪，自然非同凡响。读者闻之，也必定会佩服花匠料事在先的胆识。

无名氏未必都是凡夫，一则作者的身份大都无法知晓，二则作者或用虚拟手法，读者隔雾观花，隐显性情只能各自体味。南宋偏安时，国威不振，汴京沦陷之恨、收复中原之望概属敏感话题，百姓怨愤，难免有人脱口成诗，嘲讽一下。有一首题在京城临安（今之杭州）官道驿站墙壁的无名氏诗，颇有影响。诗曰："白塔桥边卖地经（即地图），长亭短驿最分明。如何只说临安路，不较中原有几程？"因临安路上的白塔桥边出售《朝京里程图》，官员至此，纷纷购买此图并计划朝京日程，无名氏出于忧患，题壁嘲之，也是对那些忘记国耻，不念收复中原而只顾升官发财的官僚，表示一些愤慨。

题壁诗作者大多是形迹匆匆的过客，反正不留姓名，文责无从追究，说点真心话，写得随意洒脱，直抒胸臆，或堪一读。清乾隆年间邯郸旅店有题壁诗曰："四十年中公与侯，虽然是梦也风流。我今落魄邯郸道，要向先生借枕头。"说唐朝沈既济《枕中记》的卢生，在梦中做了四十年（按原著应是居官五十年）荣华富贵的公侯，如今自己落魄，饥不择食，也想借道士枕头一用。以调侃语道伤心肺腑，痴甚亦痛甚。

其实，只要诗好，无名氏也不乏知音。乾隆十七年（1752，壬申）文学家袁枚夜宿良乡旅店，很欣赏壁上"末无姓名（结尾未署姓名）"的题诗，其中"满地榆钱莫療贫，垂杨难系转蓬身。离怀未饮常如醉，客邸无花不算春。欲语性情思骨肉，偶谈山水悔风尘。谋生消尽轮蹄铁，输与成都卖卜人"，引发感慨，随即依韵和诗，并准备"好迭花笺抄稿去，天涯沿路访斯人"，企望日后能幸会作者。十三年后，观察劳宗发旅宿此店，读二人诗，也叹绝妙。此时店主正欲修葺刷壁，劳公急忙恳请地方官方敏悫制止圬壁。方敏悫读诗后，谕令停止，二人诗遂得保存。又越七年，在友人梁瑶峰府邸，袁枚终于见到题壁诗作者陶元藻（号篁村），这时劳宗发、方敏悫二公已逝，陶元藻感谢袁枚及二公的知己之情，又哀痛存殁之别，援笔赋得“人如旷世星难聚，诗有同声德未孤”、“惆怅怜才青眼客，几番剪纸为招魂”等，留下一段佳话。

当代亦有无名氏诗，有的也颇堪一读。广州公园有人养鸟，共游客玩耍。其鸟巧舌伶俐，但学语不多，仅“老板发财”、“老公给钱”之类。游客掷钱愈多，鸟声愈欢。笔者十年前与友人游园坐石凳小憩时，曾见石桌上用圆珠笔写着一诗：“鸟口何曾轻易开，哥哥姐姐出钱来。陈家老总今犹在，可听娇声唤发财？”诗归“打油”类，作者佚名。意思大约不是反对发财，而是厌恶和批评那些让可爱小鸟庸俗化的商业行为。“陈家老总”，估计指陈毅老总，岭南百姓尊敬陈毅，常以此名称之。读读这首小诗，作些深沉思考，果有警觉，也当感谢那未留名姓的诗作者。

《诗经》三百首大多来自民间凡夫，《卷耳》、《摽有梅》、《氓》、《伯兮》、《君子于役》、《风雨》等都是无名氏所作。泰戈尔说“人皆可为诗人”，绝非一句戏言。只是生活的遭遇和社会的选择，有的人未能适用其才，干上了书仆花匠、樵夫舟子或别的什么职业。“诗穷而后工”。诗史上多少大诗人都是在清贫困苦、声名不显之时写出了一生中最好的诗。大概唯独其清贫困苦，他们才更接近凡夫，或者说才更像凡夫。一旦左右簇拥地登上了七宝楼台，就很难说了。

林　岫

二〇一二年二月

第一部分

『诗词中国』顾问与评委诗词作品赏析

冯其庸

冯其庸，1924年生，江苏无锡人。著名学者，红楼梦研究专家、文史研究专家。1948年毕业于无锡国专。中国人民大学历任教授。1975年任国务院文化组红楼梦校订组副组长。1986年任艺术研究院副院长。2005年被聘任中国人民大学国学院首任院长，2009年被聘任中国文字博物馆首任馆长至今。2010年被聘为中国艺术研究院首批终身研究员。

1980年应邀赴美参加首届国际红楼梦研

感 事

一枝一叶自千秋，风雨纵横入小楼。
会与高人期物外，五千年事上心头。

一九六五年秋

金陵留别

秣陵春老意迟迟，又是江头离别时。
莫负天涯行客意，清风明月最相思。

一九八九年

讨会，1981 年至 1982 年，应邀赴美国斯坦福、哈佛、耶鲁大学讲学，获富布赖特学术基金会奖状。后又历访德国、法国、新加坡、马来西亚等国作学术讲座。1984 年由国务院、外交部、文化部派往前苏联鉴定《石头记》古抄本，任专家组组长，达成两国联合出书协议。2011 年，获首届中华艺文奖终身成就奖。2012 年，获首届吴玉章人文社会科学终身成就奖。

著作有 :《瓜饭楼丛稿》、《脂砚斋重评石头记汇校汇评》、《冯其庸书画集》、《冯其庸山水画集》等。

贺新凉

壬午夏，从梦茗师谒梅村墓于石壁山前，梦茗师作《贺新凉》词赐寄，因用原韵勉成此阕。

底事冲冠怒。为红颜、天惊石破，只君能语。魑魅魍魉同一貉，忍见故宫狐兔。天已堕、臣心如剖。故旧慷慨都赴死，问孱翁、何处逃秦土？天地窄，寸心苦。

一枝诗笔千秋赋。捧心肝、哀词几阕，尽倾肺腑。我叹此翁天丧尔，幸有文章终古。更认得、松楸故堵。重树丰碑石壁下，仰词翁、百岁来瞻顾。魂应在，感知遇。

二〇〇二年七月十六日作，七月
二十二日改定于三〇五医院

叶嘉莹

1924年出生于北京，1945年毕业于北京辅仁大学国文系，1954起在台湾大学任教15年，1969年迁居加拿大温哥华，任不列颠哥伦比亚大学终身教授，1991年当选加拿大皇家学会院士，是加拿大皇家学会有史以来唯一的中国古典文学院士。

1966年起，先后被美国哈佛、耶鲁、哥伦比亚等大学邀聘为客座教授及访问教授。1979年起，每年回大陆讲学，应邀在数十所

鹧鸪天

友人寄赠“老油灯”图影集一册，其中一盏与儿时旧家所点燃者极为相似，因忆昔年诵读李商隐《灯》诗，有“皎洁终无倦，煎熬亦自求”及“花时随酒远，雨夜背窗休”之句，感赋此词。

皎洁煎熬枉自痴。当年爱诵义山诗。酒边花外曾无分，雨冷窗寒有梦知。

人老去，愿都迟。蓦看图影起相思。心头一焰凭谁识，的历长明永夜时。

木兰花慢　咏荷

《尔雅》曰：“荷，美渠，其茎茄，其叶蕸，其本蔤，其华菡萏，其实莲，其根藕，其中的，的中薏。”盖荷之为物，其花既可赏，根实茎叶皆有可用，百花中殊罕其匹。余生于荷月，双亲每呼之为“荷”，遂为乳字焉。稍长，读义山诗，

国内大专院校讲学，并受聘为客座教授或名誉教授。

上世纪90年代在天津南开大学创办中华古典文化研究所，并将自己退休金的一半捐给南开大学设立“叶氏驼庵奖学金”与“永言学术基金”。同时受聘为中国社科院文学所名誉研究员及中华诗词学会顾问。2008年获中华诗词协会颁发的首届“中华诗词终身成就奖”。

著作有：《王国维及其文学批评》、《唐宋词十七讲》、《古典诗歌吟诵九讲》、《迦陵诗词稿》等，影响广泛。

每诵其“荷叶生时春恨生，荷叶枯时秋恨成”，及“何当百亿莲花上，一一莲花现佛身”之句，辄为之低回不已。曾赋五言绝咏荷小诗一首云：“植本出蓬瀛，淤泥不染清。如来原是幻，何以渡苍生。”其后几经忧患，辗转飘零，遂羁居加拿大之温哥华城。此城地近太平洋之暖流，气候宜人，百花繁茂，而独鲜植荷者，盖彼邦人士既未解其花之可赏，亦未识其根实之可食也。年来屡以暑假归国讲学，每睹新荷，辄思往事，而双亲弃养已久。叹年华之不返，感身世之多艰，枨触于心，因赋此解。（篇内“飘零”、“月明”、“星星”诸句，皆藏短韵于句中，盖宋人及清人词律之严者，皆往往如此也。至于“愁听”之“听”字则并非韵字，在此当读去声。）

花前思乳字，更谁与、话生平。怅卅载天涯，梦中常忆，青盖亭亭。飘零自怀羁恨，总芳根、不向异乡生。却喜归来重见，嫣然旧识娉婷。

月明一片露华凝。珠泪暗中倾。算净植无尘，化身有愿，枉负深情。星星鬓丝欲老，向西风、愁听佩环声。独倚池阑小立，几多心影难凭。

白化文

1930年生，北京人。1955年毕业于北京大学中文系。曾任北京大学信息管理系教授。中国民主同盟盟员。退休后仍在担任的业务工作有：《中华大典·民俗典》主编，中华再造善本工程编纂出版委员会委员，全国古籍保护工作专家委员会委员，中华书局点校本“二十四史”修订工程委员会委员。《文史知识》杂志编委。担任顾问的有：北京大学图书馆《版本目录学研究》学刊顾问、新版《乾隆藏》顾问等。已出版著作（包括重

登连云港海滨公园

旧国烽烟往事沉，万端欣慨复登临。
起家割据田横岛，蒿目兴亡北固岑。
故老巷谈游子返，先人遗迹壁间寻。
连云晓旭红霞遍，山庄今喜气萧森。

注：海滨公园为原北固山“乐寿山庄”。

复出版）四十二种，发表文章（包括书评、序言）约二百馀篇。

著作有：《佛光的折射》、《汉化佛教法器服饰略说》、《汉化佛教与佛寺》、《阮籍、嵇康（历史人物传记译注）》（合著）、《楚辞补注》（点校本）（合著）等。

卧佛山庄聚会

创作诗词目下稀，乍闻大赛逸怀飞。
禅房阒寂春寒夜，静听群贤话入围。

注：2013年5月9日，应包岩社长之邀，于京西卧佛寺参加首届“诗词中国”获奖作品终审评议会，特以小诗记之。

袁行霈

1936年生，江苏武进人。北京大学中文系教授、人文学部主任、国学研究院院长，中央文史研究馆馆长。

著作有：《陶渊明研究》、《陶渊明集笺注》、《陶渊明影像》（有韩文译本）、《中国诗歌艺术研究》（有日文、韩文译本）、《中国文学概论》（有韩文译本），主编《中国文学史》四卷、《中华文明史》四卷（有英文译本）、《愈庐集》、《论诗绝句一百首》。

下放京西山村

仿佛身在武陵春，觅得桃溪涨绿痕。
戴笠荷锄归已晚，邻人误认是村人。

一九五九年夏

游天门山采石矶吊李白

双峰云汉外，绝壁大江前。
太白今何在，犹疑抱月眠。

一九八五年六月

屈 原

荆天棘地世多艰，百姓沉沦战火连。
泪洒汨罗哀故国，拚将性命铸诗篇。

注：《哀郢》曰：“皇天之不纯命兮，何百姓之震愆。民离散而相失兮，方仲春而东迁。去故乡而就远兮，遵江夏以流亡。出国门而轸怀兮，甲之朝吾以行。”

二〇一〇年

林岫

字苹中、如意。书室名紫竹斋。一九四五年生，浙江绍兴人。原新华社中国新闻学院古典文学教授。著名诗人、学者、书法家。现为中华诗词研究院顾问，中央文史研究馆书画院院委研究员，中国国家画院院委研究员，中国书法家协会顾问，中国楹联学会顾问，中国兰亭书会顾问，中国汉俳学会副会长，北京书法家协会第四、五届主席，北京文史研究馆馆员，《中国艺术报·中国书法学报》主编，中国对外文化交流协会常务理

承德山庄夜赏荷月

山亭水榭晚风过，戏叶文鱼动碧波。
一月光明无限意，夜深犹自照湘娥。

一九八七年八月

临江仙　焦山吸江楼骤雨

墨压嵯峨惊尺雪，吸江楼上烟涵。四檐急溜雨风兼。白珠敲瘦竹，青电透疏帘。

路失混茫成险涉，狂涛飞送千帆。蓑衣俯仰浪花尖。向来江上意，翻覆味难堪。

一九八六年九月

事,《中华诗词》编委,《中华辞赋》编委、评委。

编著有《中外文化辞典》(副主编),《当代书坛名家精品与技法》(主编),《全球汉诗三百家》(主编)等。著作有《古文体知识及诗词创作》、《文学概论》、《古文写作》、《诗文散论》、《日本古代汉诗初探》、《林岫诗书墨萃》、《紫竹斋诗词稿》、《紫竹斋艺话》、《紫竹斋诗话》、《林岫吟墨·雅》、《林岫诗书》等。

惜黄花 苏北采风访山家

鸟啼声健，鸭眠沙暖。三两农家，柴门静，未同掩。绕屋樵青暗，蘸水鹅黄浅。古松径，者番寻遍。

灵境清幽，人儿难见。正藕分根、瓜分架、竹分箭。忽地轻舟过，笑语声声唤。约春后，樱桃红半。

一九九五年四月

郑欣淼

生于1949年，陕西省澄城人，曾任中共陕西省委副秘书长、陕西省委研究室主任、中共中央政策研究室文化组组长、青海省人民政府副省长、国家文物局副局长、文化部副部长、故宫博物院院长等，现为中华诗词学会会长、中国紫禁城学会会长、中国鲁迅研究学会名誉会长，中国作家协会会员。

著作有：《政策学》、《文化批判与国民性改造》、《社会主义文化新论》、《鲁迅与宗教文化》、《天府永藏——两岸故宫博物院文

和马凯同志咏海棠原韵

繁花老树拂西墙，独占春光一段香。
夕月翻移疏密影，朝暾映衬浅深妆。
每教明艳摩昏眼，直欲清纯洗俗肠。
莫笑骚人吟不尽，诗囊早已改诗筐。

二〇一二年五月十二日

水调歌头　景山万春亭远眺

花柳各争胜，城阙正春喧。沉沉一线中轴，气象逼云天。次第巍峨宫殿，左右堂皇坛庙，辐辏涌波澜。西北五园迹，遐思到邯郸。

阪泉血，燕市筑，蓟门烟。几多龙虎拏掷，得意此江山。漫道金元擘划，更叹明清造建，宏构震瀛寰。总是京华好，一脉自绵绵。

二〇一二年七月三十一日

物藏品概述》、《故宫与故宫学》、《郑欣淼诗词稿》、《山阴道上》等。

贺“子曰诗社”成立

兹社休言小，新声天下闻。
无邪思子曰，大雅出诗云。
灵府方充沛，凡尘已郁芬。
伟哉中国梦，根本有斯文。

二〇一三年四月十日

曹旭

字升之，号梦雨轩主人。江苏金坛人。教授、博导、博士点带头人。复旦大学首届文学博士；中国作家协会、上海作家协会散文作家。历任上海师范大学研究生部部长、图书馆馆长、图书馆名誉馆长。兼任上海师范大学校务委员会委员、学术委员会委员、学位委员会委员。曾赴日本京都大学、东京大学、香港中文大学、澳门大学、台湾逢甲大学、新加坡国立大学讲学。任全国《文心雕龙》学会副会长、全国中华诗教学会副会长、全国索引学会常务理事、

上山下乡读龚自珍集

学剑吹箫恨已迟，壁上敢留黑客诗？
文革西风皆病马，少年红泪湿青词。

平成六年元月在日本作

千里云山入望迷，乡关别后梦依稀。
新年不觉钟声动，夜半归寮雪满衣。

上海图书馆学会常务理事、海峡两岸学术交流促进会常务理事等。先后任深圳大学、南昌大学、曲阜师大、南通大学兼职教授，首都师大、天津师大兼职研究员，上海中医药大学客座教授。主要研究中国汉魏六朝文学、近代文学、域外汉学和中国古代文学理论。

诗是吾家事，喜欢新、旧体诗歌。著有《诗品集注》、《诗品研究》、《中日韩诗品论文选评》；散文集《岁月如箫》、《我是稻草人》等。

思归

书卷经年抛客寮，山窗听雨暗红蕉。
何时仗剑还中国？重过江东娶小乔。

段晓华

江西萍乡人。南昌大学人文学院教授，兼任江西省高校古籍整理研究委员会副主任。

主要著述有《红土禅床——江西禅宗文化研究》、《白话佛经典故》、《禅诗二百首》、《中国历代词学论著选》、《续古文观止译注》、《清词三百首笺注》等。校勘古籍《遍行堂集》、《青原志略》数种。

江城梅花引 腊月二十四立春

楼头穷目雾弥漫，岁犹残，诧春还。早是岭梅，消息忒无端。开谢甫能三五日，又深寒。人天事，反复间。

草心藏绿且凭栏。破冰船，过险滩。雪襟哀乐，被尊酒、悄湿颓鬟。苦觅芳枝，携梦路犹难。未了相思蓬岛外，水生烟。东风起，自远山。

题《兰亭》

平居解秽诵兰亭，一卷依稀袍色青。
不信流风成俯仰，竟将绝代入荒冥。
欣其所遇今犹昔，揽此而忘神与形。
演法吹毫多妙士，棼纭高议不堪听。

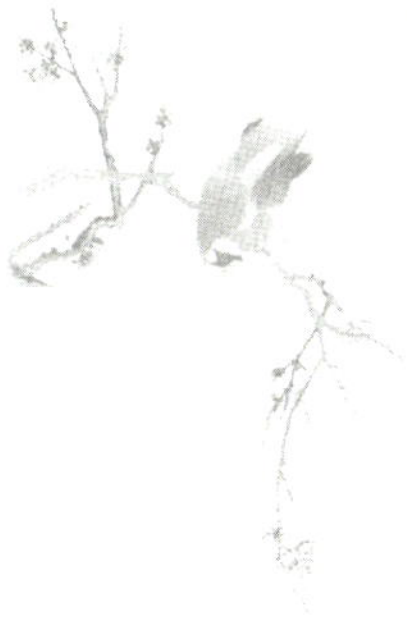

天柱山谣

亘古菡萏出，无开亦无落。
支钻石以凿空，剥寸土而盘松。
松青兮石白，天谲兮地默。
水何形兮媚从，草何德兮偃风。
巫咸荒唐女娲哭，人间要此担当骨。

顾之川

河南商水县人。人民教育出版社编审，课程教材研究所研究员，中国教育学会中学语文教学专业委员会理事长，教育部“国培计划”首批专家。主要从事中学语文教材编写及语文教育研究。

主编人教版多套初中、高中语文教材，出版有《顾之川语文教育论》(入选2013年教师喜爱的100本书)、《明代汉语词汇研究》、《语文论稿》、《中国文化常识》等论著。

戏和郑君

吾与同事郑君俱年届知命，供职单位为生日宴以贺。郑君作《半字歌》见赠，余戏以和之，惺惺相惜也。

郑君五十初度后，半字歌诗赋感叹。
通篇读来非常道，道可道中法自然。
阴晴圆缺寻常事，喜忧祸福常相伴。
进退张弛有理数，是非成败何须怨。
曾有明智长者言，人生在于不圆满。
茫茫大地真干净，天下哪有不散宴？
劝君长宜放眼量，半百正宜谱新篇。
养身尤须多运动，静字当头养心田。
苦乐年华从容度，管他路上风雨暗。

斗篷山纪游

盛夏细雨绵，寻异斗篷山。
巍巍林密处，潺潺流清泉。
观景犀牛瀑，彩虹独不见。
正叹游人少，山妇忽迎面。
自荐作导游，邀约农家饭。
新烹土鸡熟，米酒好佐餐。
幽默歇后语，机智赛农谚。
来去了无痕，寄怀山水间。
乘运归大化，天地悄无言。

● 景蜀慧

毕业于四川大学历史系，师承缪钺先生及叶嘉莹教授研治魏晋南北朝历史与文学，并学习中国古典诗词写作。现为中山大学历史系教授，博士生导师，近年较多致力于汉魏晋南北朝文学与思想学术、中古疾病医药史及南朝史籍文献等方面研究。

出版《魏晋诗人与政治》、《中国古代思想史·魏晋南北朝卷》、《魏晋南北朝文学史》等论著。

壬辰四月登天柱山

一峰孤介柱南天，翠嶂幽深路几旋？
石径千梯微雨外，松风满袖白云边。
振衣高巘堪遗世，弹指青春已化烟。
犹作红尘羁旅客，故园回望独潸然。

八声甘州

癸酉秋，读《陈寅恪诗集》，仰怀大师，感慨时事，赋此二阕。

其一

渐金风凄黯满神州，落叶又惊秋。更蒹葭凝露，苹花似雪，雁去悠悠。尘聚蜂房蚁穴，槐国亦封侯。乱局棋枰外，独上高楼。

记取衰翁心事，怅名园寥落，沧海西流。漫存身夷惠，兰柳暗生愁。任哀时、江关迟暮，写兴亡、诗史自堪留。青空碧、

锁孤鸾影，月冷沙洲。

洞仙歌

咏新荷敬贺迦陵师九秩华诞

田田凝绿，映明霞天际。春草池塘雨初霁。袅清圆、缥缈姑射仙姿，红衣冷，瑶瑟幽怀还寄。

夜阑香冉冉，水佩云环，瑞鹤灵湘舞寒翠。素手理冰弦，绛帐春风，莲心共、妙音渊粹。对璧月青空静长河，正九秩荣开，满庭芳蕙。

李树喜

河北衡水人。高级记者，作家，人才学和历史学者。1969年毕业于北京大学历史系。1983年到光明日报，历任机动记者部主任，光明日报出版社社长兼总编辑等。现为中华诗词学会副会长，中国毛泽东诗词研究会副会长。在新闻、文学、诗词和人才学等方面均有建树，为人才史学科带头人。

已出版个人专著、文集24种，包括《中国统一的历史调查》《中国人才史》，诗集《杂

无 题

其一

岁老春浓紫气薰，此身尚有未招魂。
心中旧事还新事，梦里山深与海深。
怯酒有时还醉酒，惜春多半是伤春。
落红簇簇真如昨，人不送花花送人。

其二

长忆黄昏古渡头，骊歌轻解木兰舟。
镜中华发理还乱，醉里豪情放且收。
有刺有花皆是路，无风无雨也成秋。
彩云又照当时月，人在江南第几楼！

花树》、《诗词之树》和《诗海观潮》等。

龙年乱弹

欲梦成龙老不成，有形归底是无形。
几回龙庙坍塌了，多少平民享太平！
史向沉浮说向背，人同草木共衰荣。
夕阳如醉天如酒，更待星稀唱月明。

刘青海

湖南华容人。北京大学博士，现任上海师范大学人文与传播学院副教授。主要从事古典文学的教学与研究。

曾在《文学遗产》、《北京大学学报》等刊物发表有关唐代文学的论文二十余篇。出版译著《比较诗学结构》。科研教学之余，从事诗词创作。

咏碧桃二首步韵

日暮寻芳意转加，碧桃一片胜流霞。
刘郎不是求仙客，误入天台为此花。

午后寻芳意更加，落红满地惜流霞。
人言我是怜花客，那识侬原解语花。

车行南通途中口占一绝

宛宛八龙并辔西，与君期会在瑶池。
徜徉不用愁将暮，折取灵山若木枝。

游西湖归来有怀

伊人杳杳水迢迢，入眼湖山尽寂寥。
争得梦回犹把臂，行行归向第三桥。

刘扬忠

贵州大方县人。1968年毕业于贵州大学中文系，1978年考入中国社会科学院研究生院文学系，师从吴世昌先生，专治唐宋诗词。1981年分配至中国社会科学院文学所从事古典文学研究工作。曾任该所古代文学研究室主任达15年之久。现仍任该所二级研究员及学术委员会委员、中国社会科学院研究生院教授、博士生导师，并兼任中国宋代文学学会副会长、中华诗词学会常务理事、

八声甘州　为汶川大地震全国哀悼日作

忽一场浩劫起西南，地裂复山崩。恸万人成鬼，万千村镇，刹那全平。瓦砾堆中奋起，抗震聚群英。举国援巴蜀，倚仗雄兵。

第一时间赴难，看人民总理，砥柱亭亭。有“兴邦”豪语，亿兆共倾听。祭亡灵、江山溅泪，救生灵、民气更坚凝。殷殷盼，家园重建，海晏河清。

二〇〇八年五月十九日夜作

水龙吟　壬辰初秋探云南金沙江大峡谷之虎跳峡

雪峰千座环江，我沿石栈奔江底。狂涛挤涌，直冲礁石，虎鸣声起。双六高年，吾心犹壮，笑聆雷吹。忆悠悠半世，山川历遍，惊魂魄，唯斯地。

岩半遥瞻天际。浪滔滔，东流万里。水潮渺渺，雷声杳杳，岭腾丸泥。一路穿行，岷江笠泽，亲如兄弟。信山遮不住，海洋接入，众水融汇。

中国李清照辛弃疾学会副会长等。为中国作家协会会员。主要从事中国古典诗词研究，已出版学术专著17种，发表论文70多篇、诗词作品三百多首。

水调歌头　龙年秋日观赏陕西宜川壶口大瀑布

几曲黄河水，云际落人间。秦晋峰峦夹峙，窄道跃腾难。多少蜿蜒曲折，到此缺崖出口，蓄势已沛然。神拨玉壶转，巨瀑显奇观。

奔流急，波撞石，水喷烟。红轮冉冉升起，彩虹耀东天。听得洪涛咆哮，风吼山鸣马啸，交响奏新篇。别后频回首，妙景召吾还。

钱志熙

北京大学中文系教授，教育部长江学者特聘教授，北京大学古代文体研究中心常务副主任，中华诗词学会学术部主任。主要从事中国古代诗歌史及其相关文化背景的研究。

出版《魏晋诗歌艺术原论》、《黄庭坚诗学体系研究》、《汉魏乐府艺术研究》等专著十余部，论文一百五十余篇。

游九女仙湖

湖中孤屿耸峙，相传为九女成仙处，湖之南北分为太行、中条两山。

天路杳茫不可攀，传闻此地有仙鬟。
驱车来看山中水，打舵还登水上山。
岚色中流分两界，栏干绝顶绕回环。
匆匆未遇郑交甫，落日归帆意趣闲。

参观甲午海战展览馆

旌旗蔽日阵图雄，铁舰王师冠亚东。
壮士有心吞丑虏，庙堂无策破强戎。
蛟宫愁见鱼龙泣，虎帐畏闻猿鹤空。
一鉴刘公岛上月，当年曾照血花红。

木兰花慢　熊和师挽词

记春风绛帐，尽珠玉，洒芳筵。正劫换红羊，歌停白石，人颂尧天。新编。采山自铸；理源流，疏凿更无前。已见文章华国，更看桃李争鲜。

婵娟。玉局共蹁跹。人月祝相圆。自湖船别后，寻消问息，暗换流年。惊传。银台落照；正少微，暗淡落星躔。想像玉楼光景，朗吟应伴瞿仙。

屈哨兵

土家族，文学博士，教授，硕士生导师。1981年毕业于湖北民族学院中文系，2004年获华中师范大学文学博士学位。2007年7月至2011年10月任广州大学副校长，2011年10月起任广州市教育局局长。同时兼任世界汉语教学学会理事、中国语言学会理事、广东省社会科学联合会兼职副主席、广东省中国语言学会副会长和广州市语言文学学会会长等。主要从事现代汉语语法及应用语言

著后小语谢导师

二零零八年得导师邢福义先生为拙著序有感

一入邢门深似海，新芽得雨竞相开。
昙华林上初学起，桂子山中复问来。
昂首看山树正绿，投足探路水常洄。
先生教我硕博再，我愿永拂明镜台。

学研究，主持国家哲学社会科学规划项目、国家语言文字应用“十五”规划项目、广东省哲学社会科学“十五”规划项目等项目多项，主要研究领域为现代汉语语法及领域语言学，近年来亦兼及经典诵读推广活动。

出版学术专著三部，主编、参编及参著教材、词典及经典诵读选本等多部，在《中国语文》、《语言研究》等期刊上发表论文五十余篇。

岁末年初赠诸师友

总把除夕作旧年，阴晴各自等闲看。
青山无我辞来急，春水有心归去晚。
守岁漫评万物起，迎新且待君身展。
刚觉廿九成三十，问朔今天谁可占？

二〇一三年

沈锡麟

福建省诏安县人。1964年毕业于北京大学中文系，为古典文献专业首届毕业生，在中华书局从事编辑出版工作四十年。曾任国务院古籍整理出版规划小组办公室主任、中华书局副总经理。

整理的古籍有《四朝闻见录》、《疏影楼词》、《南社丛选》、《四库全书精品文存》（第三十卷）等，又与周振甫、吴正裕合编《毛泽东读文史古籍批语集》。

周年忌日祭拜照亭先师感赋

三载门墙薪火传，书声琴韵且留连。
凤城春色随人去，草舍遗风召我还。
不作空言钓虚誉，惟求实学得真诠。
永怀化育沦肌髓，一瓣心香达九泉。

一九九四年四月

赠　友

此友非凡友，同心本是心。
祖生能击楫，鲍叔可分金。
辛苦牛衣破，驱驰马迹深。
从来天下士，不作小虫吟。

一九八一年

读《郑成功》后作

不着儒衣着铁衣，南天危局赖撑支。
扬眉赤嵌受降日，喋血金陵哭祭时。
箕子有灵应自叹，田横无命怎相知？
难忘三百年前事，夜半军声梦里驰。

一九六二年二月

注：赤嵌，今台湾台南市，一六六二年郑成功收复台湾，在赤嵌城接受荷兰殖民者降书。

施议对

台湾彰化人。出生于福建泉州。中国社会科学院文学博士。中国社会科学院文学研究所原副研究员、澳门大学原中文学院副院长。现为澳门大学社会科学及人文学院中文系教授。曾师事夏承焘、吴世昌，专攻词学。

主要著作有《词与音乐关系研究》《施议对词学论集》（一、二、三卷）以及《当代词综》（四册六卷）等近二十种。

戊子金谷苑送别有作

三月十七日，转头已再周。
平生多少事，行退且无忧。
一棹烟波远，大江滚滚流。
崇楼天欲蔽，蘖影立沙鸥。
我本农家子，白衣入翰林。
始随永嘉夏，声学度金针。
后逐海宁吴，祖诚款实襟。
古粤移居晚，空阶寒气侵。
唧唧复唧唧，当户未成匹。
斟酌仰南斗，几箧文史溢。
幸得素心人，光照临川笔。
登高知几重，太白连太乙。

凤栖梧　仿敦煌曲

费尽人间铁无数。时节樱桃，二字相思铸。总已殷殷深与许。枝头却剩轻飞絮。

往事如烟烟一缕。乱我梦魂，来共叨叨语。记得盐田田脚路。莫教踏碎青青露。

金缕曲　重游西湖

一棹西湖水。酿清愁、平波倦潋，暖风慵起。不了晴丝飘柳岸，队队无言桃李。费多少、红情绿意。烟雨画船应依旧，甚当年、争渡今何地。横翠盖，舞双袂。

重来合共佳人醉。对长堤、沙鸥笑问，鬓毛斑未。客子光阴驹过隙，惟有此情难已。纵几度、蟾宫折桂。曲院晓来闻莺语，正沉沉、帏幕眠西子。凝皓腕，乱钗髻。

宋彩霞

山东威海人。1957年生。笔名晓雨。中国作家协会会员。中华诗词学会理事，山东省诗词学会副会长，现任《中华诗词》杂志编辑部主任。两栖诗人。其文学艺术成就被多家媒体作专题报道。自1970年开始习写诗词。

出版著作有《秋水里的火焰》、《秋红》、《白雨庐集》、《白雨庐诗文集》、《白雨庐词》、《黑咖啡》等。

船上人家

世代宿河滩，涛声枕上弹。
梦因清夜美，志若大湖宽。
一网捞春色，千钩钓月丸。
心头存万象，不变是长竿。

卜算子　观广西民歌对唱

我有一怀歌，唱在宜州里。不计霜寒雨雪侵，默默青萍起。
　守定醉花阴，不减相思意。走近民间亮丽天，自有芳菲至。

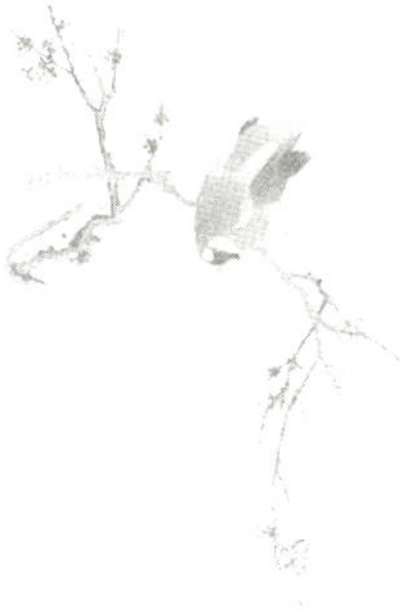

金缕曲　次韵敬和叶嘉莹先生西府海棠雅集

叶教授嘉莹先生为“二零一三年西府海棠雅集”所作《金缕曲》，令人击节叹赏。是夜，良宵美酒，花好歌圆。恭王府上月，家国梦正好。于是步先生高韵，吟而歌之曰：

故苑泠泠水。漾西园、翠波清丽，红楼曾纪。淡注胭脂仙子态，占尽春光妩媚。有老树、悲欢都记。一曲清词来海外，趁东风、光照朱门邸。说世事，赏花美。

海棠红透春光里。这园林、楼台七宝，万千情意。无数沧桑随眼过，多少红颜泣泪。都做了、斑斑文字。禹甸春风圆好梦，看神龙、今已腾空起。浮大白，向天底。

●陶文鹏

曾任中国社会科学院文学研究所《文学遗产》杂志主编。现为该所研究员，中国宋代文学学会副会长，唐代文学学会常务理事，中国毛泽东诗词研究会副会长，中华诗词学会常务理事。从事唐宋文学研究。

已出版的学术著作有《唐宋诗美学与艺术论》、《宋代诗人论》、《苏轼诗词艺术论》、《中国诗歌史话》、《古诗名句掇英》、《黄庭坚》；主编《灵境诗心——中国古代山水诗

题严子陵钓台

富春碧水映奇峰，峰顶双台说史踪。
皋羽悲歌天柱折，子陵笑拒汉皇封。
山怀浩气山雄峻，树汲甘泉树郁葱。
传语世间垂钓者，请来此地沐清风。

史》、《宋诗精华》、《两宋士大夫文学研究》等。

晚　云

岁月催人近七旬，经霜瘦竹尚精神。
胸中故土青山秀，梦里童年琐事真。
伏枥犹思腾万里，挥毫最喜颂三春。
何须采菊东篱下？乐在凭栏对晚云。

舟行漓江

一叶轻飘画卷中，青琉璃映碧芙蓉。
欲乘九马腾空去，尽览神姿仙态峰。

王玫

福建福州人，现为厦门大学中文系教授，博士生导师，文学博士。兼任福建省古代文学研究会副会长。学术研究方向为汉魏六朝文学、古典诗学。

曾出版《六朝山水诗史》、《人物志评注》、《建安文学接受史论》、《曹植传》及《性面具》（合作）等专著译著，参加编写鉴赏词典或翻译诗词著作六种，亦从事诗歌散文创作。

嫦　娥

欲做神仙不为人，孤身奔月定有因。
两情若是能长久，岂忍红尘负旧恩？

二〇〇三年九月四日

感　怀

半生寥落半清狂，意在六朝山水乡。
过眼王郎浑不是，当年应嫁晋嵇康。

二〇〇七年冬

踏莎行　观西湖瘦美人

己丑年初秋赴扬州，雨中游瘦西湖有赋。

杨柳陌旁，水云深处，美人别看闲风度。青丝新沐湿罗裾，绿腰一把柔无骨。

细雨如梳，繁茵似蓐，黛峰淡扫横波目。临流对影理秋妆，湖光裁得三千幅。

辛晓娟

2004年任北大中文系诗社社刊《北社》主编，2005年出版第一部长篇小说，笔名步非烟。现已出版作品二十余部。2004年获温瑞安神州奇侠奖，全国大学生武侠小说征文奖。2005、2006年获黄易武侠文学奖。2007年底于鲁迅文学院高级研修班学习，并代表八零后作家参加全国第六届青创会。央视《艺术人生》栏目青年作家专场访谈嘉宾。北京大学文学博士，现在北京师范大学文学院作博后。

咏蒙古汗王俺达

龙鳞百晒在星华，秦谷汉关即帝家。
干戚每因宵柝舞，旌旗数傍御沟斜。
从来善战消骏骨，底事天骄驻虎牙。
塞上青城千古永，始知功业即桑麻。

王　母

云迷河汉玉凝霜，十二重城夜未央。
碧漏催槎声欲断，绮窗移榻梦初长。
星驰紫气开阊阖，月动丹山来凤凰。
一觉烟华无觅处，半枕秋露冷残妆。

二〇〇四年九月十四日

西施

越女朝辞浣溪水，吴妃暮着绮罗新。
尽传艳色能倾国，谁识相思本误人。
三馆台廊空响屧，五湖烟雨亦转萍。
落红惊散秋风上，始忆莲花梦里身。

●曾大兴

广州大学人文学院教授、文学博士、广州大学广府文化研究中心常务副主任、中国文学地理学会会长、中国词学研究会常务理事，主要从事中国古典诗词、文学地理学与广府文化的研究。

主要著作有《柳永和他的词》、《词学的星空》、《20世纪词学名家研究》、《唐诗十二讲》、《唐宋词十八讲》、《文学地理学研究》、《中国历代文学家之地理分布》、《优婚与天

端午龙舟

盆鼓惊天笑语稠，满村哥仔赛龙舟。
但知比赛为夺锦，哪解沉江屈子忧？

闹市新居

繁华闹市置新居，盆里栽花三两株。
半块麻石当野岭，一瓢静水作平湖。

才》等。

染 发

每将缁水染青丝，道是已知人不知。

偶尔风吹头上草，分明黑白两参差。

赵京战

河北安平人，笔名苇可，1966 年入伍，空军功勋飞行员，副师级，大校军衔（已退休）。现任中华诗词学会副会长、培训中心主任。主持创建《中华新韵（十四韵）》。

疏影　题《女纤夫图》（新声韵）

岷江泪涌，看嫩肩弱女，担此沉重。曲臂躬身，足踏石阶，手攀峭壁岩缝。一声号子绳一颤，直颤得、千山齐动。更袒胸、不蹙娥眉，苦处只凭心领。

忽忆来时小径，便强吞泪水，难止心痛。大好春光，靓丽年华，谁解一钱难挣？辛劳致富真能否？但寄此、纤绳空梦。又怎堪、步步呼儿，步步呼儿无应。

二〇一〇年十二月十一日

风敲竹　题《老妪负薪图》（新声韵）

寂寞青山冷。更那堪、山间石乱，山巅风硬？倚杖暂停寻喘息，瘦骨难支身定。看白发、任风梳整。一捆山柴虽蓬草，压双肩、应是千斤等。生计事，可依凭？

谁怜风雨催残命？忆今生、苦寒历尽，祸灾交并。莫道养儿能防老，莫道人情薄幸。更莫道、几多画饼。问遍青山山不语，料青山、怎解娘心病？言未已，泪如迸。

二〇一二年十月二十八日

将军关

青山开紫障，高峡锁千岗。
为吊将军迹，来寻生死场。
拾阶登戍道，举手扣关墙。
雉堞角犹厉，烽台灰已凉。
仰天思海日，回首望天狼。
汉箭飞蝗急，秦弓满月张。
士呼如虎啸，将令似鹰扬。
拒彼天骄种，安吾锦绣乡。
魂兮辉日月，身已葬玄黄。
笳鼓宣王业，凌烟祀国殇。
千秋如瞬息，万里正苍茫。
孤怀徒辗转，独立自彷徨。
试剑将军石，飞星溅八荒。

二〇〇九年五月十七日

郑福田

全国政协委员，内蒙古自治区政协副主席。内蒙古师范大学副校长，教授。

著有《唐宋词研究》、《唐宋词说》、《巢林观海——三益斋读书札记》、《含英咀华——三益斋说诗丛稿》、《鸿印书痕——三益斋旧体诗词》、《鸿印书痕二集》、《三益斋吟草》、《和风清穆——郑福田和范曾诗词》等多部著作。发表论文数十篇、诗词文赋作品数百篇。

答居庸七子

十万花妍都下士，三千芥老漠边诗。
兼天黑水流来者，彻地黄沙卷去之。
射虎威声今倘在，牧羊苦节故能持。
盈亏汉月枝头俏，依旧轻弯柳叶眉。

贺新郎　观范曾先生《风尘三剑图》

曾向豪门闭。误年年、山荣水曲，枫红兰茁。浪迹随君鞭影远，出入龙潭虎穴。况盈耳、断风幽咽。要洒霜蹄雄海内，更虬髯、相伴严城阙。天下事，共心结。

大儒卓荦超群杰。展新缣、从容书写，画图高洁。回想秋云吹草树，竟也惊飙烈烈。锻练了、巍巍峻节。去国浮桴成追忆，只当时、泪比啼鹃血。今月好，歌休歇。

钟振振

1950年生于南京。1988年南京师范大学中文系古代文学专业博士生毕业并获文学博士学位，留校任教。1992年起任教授。1993年国务院学位委员会批准为博士生导师。现为南京师大一级特聘教授，中国韵文学会会长，中华诗词学会副会长。曾应邀在美国耶鲁、斯坦福、密歇根大学，韩国首尔大学、梨花女大等海内外数十所名校讲学。

西湖

四时花气酿西湖，细雨噙香淡若无。
一似春宵少女梦，最温馨处总模糊。

过江油怀李太白

太白文章在，骊珠谁与探。
狂从天谪堕，气作海包涵。
欲障波澜倒，岂防豺虎眈。
萁煎新釜豆，缨濯旧江潭。
彼独悲清醒，吾尤恣酗酣。
风骚神莫二，人月影成三。
郁郁圌山翠，幽幽涪水蓝。
廿年劳鞠育，一舸下东南。
虽不辚辚返，终无碌碌惭。
声名满天地，旷世说奇男。

西江月

五一二大地震四周年，北川废墟中见红玫瑰一束盛开。

一镇丘墟沉寂，四山泥石峥嵘。悬锤停摆震时钟。锁定天摇地动。

爱侣可能灰灭，真情永不尘封。红玫瑰胜昔年红。开在坍楼窗缝。

诗词中国

CHINESE POETRY CHINESE DREAM

第二部分

首届『诗词中国』传统诗词创作大赛获奖作品选

一 绝句

夜宿五溪人家

周熙贵

一路轻车一路花，
五溪湖畔宿农家。
多情最是风骚客，
醉罢青山醉晚霞。

【评析】

诗写日间看花饱览田园之美，夜暮投宿山乡农家之乐。首句奠定基调，喜悦之情溢乎言表。二句扣题，交代此行的目的地。三、四句抒情，作者从白天到日暮一整天都深深沉醉于摆脱尘嚣的自然之美中。此诗格调清新，节奏明快，语言流利，有似“诚斋体”。修辞上善用概括和对比，一、四句都于概括中立意，又都用句中对仗。结句连用两个“醉”字，情态可见。

秋韵

李中华

金风玉露伴秋凉，
稻坠菊繁遍地黄。
把酒举觥邀皓月，
人间天上共清香。

【评析】

诗写秋韵——人间天上共享同乐于清光、清香，此“秋韵”之谓也。立意不俗，不落窠臼。诗合新韵，但用语、炼字稍欠工稳，“把酒”与“举觥”略犯重复，“伴”和“坠”亦显生涩。

香山秋暮

李文娟

天地玄黄四序中，
排云雁阵下秋空。
霜风似酒盈天洒，
一夜香山尽染红。

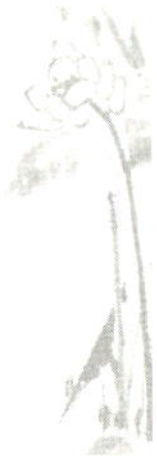

【评析】

诗写香山暮秋满山红叶的常见之景，而笔致入妙，巧用曲喻，谓香山红叶乃“霜风似酒盈天洒”染红。全诗略见唐人气象。二句亦富有动感与气势，但起句平直，语汇较陈旧，且一、二句多用泛笔，入题较慢。三、四句虽翻出，亦可谓“险中取胜”者。

送夫打工

徐淙泉

看他缓缓下门台，
昨夜柔情可记怀？
篱上牵牛红朵朵，
千叮万嘱早归来。

【评析】

诗写当下题材——送丈夫外出打工。诗从出门人的侧影、背影落笔，二句用逆挽法回溯昨夜柔情，而刻画此际妻子心曲。三、四句转从离人、丈夫角度落笔，渲染分别之际的“无言胜有声”——丈夫回望中的家门口篱笆上的朵朵牵牛花，那家的标志，心里对妻子说：不用千叮万嘱，我一定会早回家来的！诗一笔两枝，分从主、宾位着笔，刻画心理，纯用白描，而语短情长，富有感染力和现实意义。

读杜诗偶感

高明

云带苍山雨带愁，
高城夔府又深秋。
数声寒砧传风啸，
幽梦京华何日游？

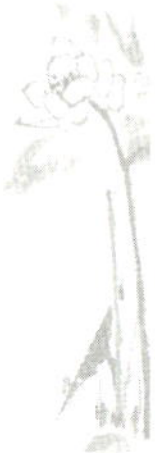

【评析】

此首因“读杜诗有感”而作的诗，系感慨于当年杜甫的漂泊生涯。首句即以唱叹法提笔，“愁”字为全诗一篇之领。二、三句以夔府深秋，寒砧风啸，点染其漂泊生涯。结句设问：“何日游”即“何日不游”之意。古人谓梦是灵魂的短暂出游，老杜自云“每依北斗望京华”，而说没有一天不魂牵梦绕回到京华，尺幅之间，顿挫收束有力。

云

陈向群

推蓝抱白绘苍穹，
百态千姿塑海空。
一片柔情凝作水，
涓涓点点寄长风。

【评析】

首句、次句于“推”、“抱”的拟人间状绘云之千姿百态，比中兼兴。三、四句进一步渲染：柔情作水，寄与长风。咏物贵在似与不似之间，不粘不滞，此诗格调温婉而得之。惟二句之“空”与起句“苍穹”意同而伤于重复。

嘉陵怀远

龙海波

青山衔远日，
白水落长天。
人去孤云望，
今秋胜旧年。

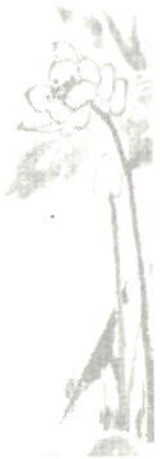

【评析】

诗写嘉陵江畔秋日怀远。首、次二句写极目远眺所见，意象雄奇，诗境阔大。三句扣“怀人”，“孤云远望”而无着落。结句宕开一笔而振起，虽是长久分别，但可聊作慰抚的是，今秋差胜旧年——而有希望就有回响！秋日江边怀人念远，而情致不落萧索。此诗章法、炼字俱见功力。

含鄱亭遥望

谢南容

五老峰连太乙峰，
九江烟雨隐苍龙；
天光水色由吞吐，
隔岭云生何处钟？

【评析】

诗写含鄱亭中遥望所见所感。烟雨蒙蒙中连绵起伏的五老峰和太乙峰，就像是隐伏在九江之畔的苍龙，而这一切天光水色皆任由其吞吐变化而来，忽然间隔岭的白云生处，不知从哪里传来了钟声。写景自然，意趣生动。

咏柳

金家富

难著红装莫自卑，
宅旁溪畔报春晖。
东风不厌桃花笑，
一样亲情抚秀眉。

【评析】

古人笔下的“咏柳”诗往往与送别相关联。此诗立意翻新，首句以拟人化告答句式起笔，谓柳树你虽不著红装，也不必为此自卑，而犹可在宅旁溪畔，回报春晖。三、四句转说东风亦不厌桃花之哂笑，对柳一样施以亲情，抚其如“秀眉”之叶。从中可见作者礼赞的品格。三句转说东风，仍需视作“告答之体”，否则不能扣诗题“咏柳”；遣词上“不厌”于句意未妥，可改“不避”。

雨后赠友人

高明

雨后山城秀色亲，
江堤回望绿如茵。
人生一似河滨柳，
半是清新半染尘。

【评析】

诗写雨后的感悟，“赠友”实与友人分享自己的此种感悟而已。一句总写雨后山城的秀美景色更加宜人可亲，二句回望见雨后的江堤清新绿色如茵，这两句兴中兼比，为三、四句的感发而蓄势。三、四句触景而生情，把人生比为“半是清新半染尘”的“河滨柳”，联想入妙，立意俱出，道人未道，饶有哲理——人生关键时总需一场“心灵的及时雨”作为澡瀹精神的洗礼！全诗格调疏朗俊爽，颇能启人思致。

秋

时世桥

叶暖寒山客醉秋，
丹林一梦旭登楼。
清风不踏流金岭，
却入西江曳月舟。

【评析】

诗写金秋时节晨、暮登临所见所感。一句扣题，满山红叶暖人而游人沉醉，因“暖”而“醉”，由视觉而感觉。二句写翌日天亮登楼。“旭”字这里用得不稳妥。三、四句写入夜风中登临所感，“流金岭”大约是个具体地名。尾句意象新奇，“曳”这个动词炼得好。但全诗章法上起转过快，意脉有欠清晰。

过台湾海峡

严智泽

莫言天堑阻西东，
心路通时百路通。
破浪乘风船似箭，
凌云展翅气如虹。

【评析】

诗写当下题材，抒发跨过台湾海峡时的豪情胜概。一、二句议论起入，所谓距离其实都是“心理距离”，故而“心路通”则“百路通”，警策而有哲理。三、四两句分别写海路之通与航路之通，用对仗渲染跨过海峡的豪情壮气。但就作者具体过海方式而言，每次实际只能选择一种，所以诗题改为《两岸海空航通，感而有作》更合适。

夏日偶题

王锡嘏

柳阴深处不闻莺，
溽暑如蒸蝉愈鸣。
傍岸老鹅啄嫩草，
惊蛙撞破小浮萍。

【评析】

诗写盛夏乡村之景，有声有色，动静相宜，有如绘画展现目前。一、二句入题尚属平实；三、四句如“特写镜头”，敏锐捕捉到两个富有生机的动态画面，意象清新，情趣盎然，自出机杼，亦可谓颇得“诚斋体”对景写生的“活法”之妙。

游栖林寺

杨 华

我居樊舍鸟栖林，
飞去来兮隔几寻？
月下徘徊望明月，
忽惊天上有回音。

【评析】

诗写游栖林寺所感。感发的“触媒”是栖林寺中的鸟。一句起写身居城市“水泥森林”中“樊舍”的我与自由飞来飞去的鸟儿构成对比，二句接写心理活动：这自由来去的鸟儿到底与自己隔了几“寻”呢？“寻”是古代的长度单位，八尺为一寻。白天对“人鸟自由距离”的疑问，晚上仍没有答案，月下徘徊，举头望月，忽然间猛听到天上传来回音！“回音”盖非惊鸦之鸣，乃是心声。诗富禅意，超人意表。与诗题《游栖林寺》亦若即若离。

孙孙异想

滑银生

脚踏飞鸽行路边，
娇孙拽我细悄言：
明年看我长多大，
骑辆摩托带你玩。

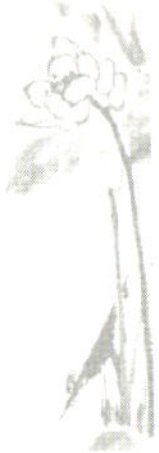

【评析】

诗写爷爷正骑着“飞鸽”牌自行车带孙儿行驶在路边的当儿，这时小孙孙悄悄拽了爷爷一下，细声细气地夸口说：看我明年就长大到可以骑着摩托车带爷爷玩啦！诗合新韵，幼稚声口可作孩童的“中国梦”看。

照相

刘士银

乖女稚顽甚聪明，
手挡额前作蔽屏。
窃遗双隙察颜色，
看你如何照花容！

【评析】

诗撷取日常生活中为“乖女”照相的细节场面落笔，纯用白描，稚态可掬，富有生活气息。诗用新韵，然全诗格律未稳，语言亦稍欠锤炼，如既“乖”如何又“顽”。

黄果树瀑布

杨汉声

黄果飞云何处来？
银河泻玉出瑶台。
人间自信一泓瀑，
洗得征程万里埃。

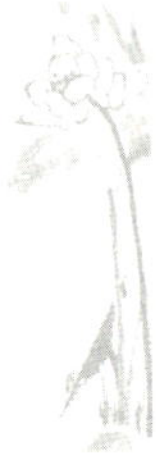

【评析】

一、二句设问，为黄果树瀑布绘貌，拟为“飞云”，比为“银河泻玉出瑶台”，意象雄奇，契其动态。三、四句言其功用，谓此瀑布贵在为人洗去征尘，立意亦自不俗。但三句以“一泓”修饰瀑布欠稳当。

虹

林其广

紫艳红鲜映日晖，
天桥欲引女神归？
休嫌景渺旋消逝，
美丽瞬间须紧追。

【评析】

诗题《虹》，实写观虹所感。首句以“紫”、“红”绚烂暖色概言“映日晖”的彩虹，次句把彩虹比作欲导引女神归来之“天桥”，意象新颖。三、四句又由美景的马上消逝而发出“美丽瞬间须紧追”的感叹。全诗通过观赏彩虹，表现把握生活中美的事物须分秒必争的人生态度，构思、立意兼具情思与哲理，但语言锤炼不够，言尽意尽，余韵不足。

思过

李晞

坐看年华似水流，
落红无意又深秋。
他年白首堪回望，
应愧今时不系舟！

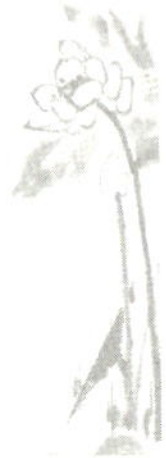

【评析】

诗题《思过》，过错就在生活态度随意而未珍惜大好年华。一、二句感慨年华虚度似水流，而落花不经意间的提醒，分明一年又过去大半、已入深秋时节了。好在作者能够反躬自省，从而做出新的调整、安排，故三、四句以“他年白首”的“虚拟未来”，对照和警醒当下、今时的散漫、随意。“不系之舟”出《庄子》，原喻指自在逍遥貌，这里用如“随意的生活状态”之意。

十五夜望月咏嫦娥

陶　慧

惯立寒阶伴漏长，
最团圆夜倍凄凉。
比邻羡煞天孙女，
犹解绛河待鹊梁。

【评析】

一、二句写月宫中嫦娥的孤单凄凉，一句概言平时，二句扣题十五月圆夜。三、四句代嫦娥抒情。“比邻羡煞天孙女”是“羡煞比邻天孙女”的倒装，“天孙女”即“织女”，“绛河”即银河。其实处银河之西的织女，算不上是嫦娥的“比邻”，而既曰“绛河”，则当以北极为准而观天。二句格律欠工稳，“鹊梁”亦生涩。

运河印象：沿河老街

姚任民

楼肆临河柳影长，
石坊曾阅八方樯。
桥栏遗刻游人辨，
流水无言往事茫。

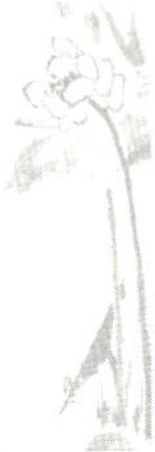

【评析】

诗写运河老街印象，感慨昔日繁华。一句起写临河店铺，河中柳影，二句接言古老的石坊见惯了往来行舟。暗寓当年商贾云集的繁华可以想见。三、四句转结，以运河的流水无言、桥栏上遗刻的漫漶，说明繁华往事的微茫和不再。全诗笔致工稳，或因题材原因，格调给人以沧桑之感。

赠画家潘觐缋

戈玉华

江淮一个画鱼人，
信手挥来乱假真。
欲问画师何至此，
丹青功到笔如神。

【评析】

一句起言江淮的这个画家以专善画鱼著称，二句夸其技高。三、四句设问回答艺术诀窍在于功到自然成，下笔如有神助。三句炼句不够，“欲问画师何至此”可产生歧义。

空巢老人

姚宜勤

老逢蔗境半知甜，
蛰处空巢意惘然。
纵有余钱三五贯，
一年能买几团圆？

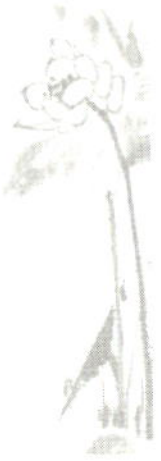

【评析】

诗写当下题材，关注当代生活现象。一句起写老境苦去甘来,物质条件改善了。二句接叙蛰居“空巢”，意趣萧索。三、四句直抒胸臆，盼望在外打工儿女归家团圆。“纵有余钱三五贯”指的是在外打工的子女收入微薄，结句“买”字触目心酸，谓子女一年中除春节回家团圆外，平时实无力“买”得回家团圆。诗题为《空巢老人》，实不限写其孤单凄戚，而涵盖当下城市农村二元结构下庞大“农民工”阶层成为廉价劳动力的同时，又不得不以伦理价值的丧失为代价的社会现实。时事入诗，关怀民瘼，虽直抒其情其事，仍真切感人。

望月

邢涛

幽篁气爽月当空，
雾散云开万里澄。
如水银华竹似箭，
长天沭手试弯弓。

【评析】

诗写竹林中望月所见所感。晴空万里，月华遍照，这尚属常见意象；而从竹林中，沿着挺拔的竹枝，由下向上望去，长竹似箭，作者乃忽发奇想，欲挽弯弯的月弓而射竹箭，构思新颖，状景生动。“沭手”当为“沐手”。

彩虹尽在风雨后

魏胜利

雷鸣电闪惊魂魄，
刹那倾盆遍地烟。
沐浴苍穹澄万里，
虹桥一步上瑶天。

【评析】

诗题《彩虹尽在风雨后》，虽稍显“现代”，但全诗立意即在此。雷鸣电闪之后，大雨滂沱，而苍穹经历沐浴后，长虹彩桥映现。作者善学苏轼《六月二十七日望湖楼醉书》，一句一景，变换视点来描摹急遽变化的场景。全诗想象丰富，格调健爽，饶有意趣，但惜无佳句。尾句“虹桥一步上瑶天”，作者想象踏虹桥而一步登天，虽有思力但锤炼不够而差近。

有感于中小学生天天写作业至深夜

徐淙泉

童心无奈坐灯前，
一刻长如几许年？
院角高高槐树下，
闲着昔日小秋千。

【评析】

诗写当下题材，批评应试教育。中小学生不得不写作业至深夜，无奈坐在灯前，每过一刻都长如经年，对于“童心”而言，真是种折磨。三、四句借小秋千终日之闲来反衬童心饱受折磨之苦，针砭现实之意可见。尾句“着”字处当平声而用仄声，未合律。尾句可改为“空闲终日小秋千”。

雨后

林其广

雨后斜阳映彩虹，
蝉鸣鸟唱水叮咚。
风吹荷舞香飘溢，
醉倒池边小牧童。

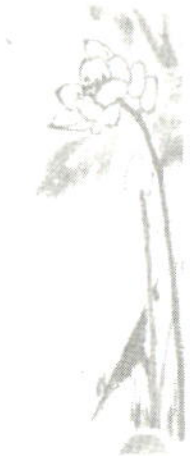

【评析】

诗写雨后田园之景。雨后斜阳映衬彩虹，蝉的鸣叫、鸟的歌唱和泉水的叮咚声汇在一处；荷花随风舞动，花香飘溢，醉倒了池塘边的小牧童。此诗流快工稳，荷花之香醉倒牧童，是此诗的生新处。

咏爱情天梯

王俊丰

无悔三餐野菜羹，
相依月下沐清风。
至今侧耳天梯上，
犹是锵锵破壁声。

注：破壁：形容开山修路。

【评析】

此诗是小叙事诗，它描述的是上世纪50年代发生在重庆江津的一个真实动人的爱情故事。20岁的刘国江爱上了大他10岁的“俏寡妇”徐朝清，为躲开世人的流言，他们私奔至深山隐居。为便于徐朝清安全出行，刘国江几十年如一日，用铁锤、铁钎在悬崖峭壁上凿出了6000多级“爱情天梯”。

诗的首二句歌咏刘、徐二人的旷世绝恋，这近乎实录，但只要能与心爱的人“相依月下沐清风”，虽苦也甜。三、四句“至今侧耳天梯上，犹是锵锵破壁声”则宕开一笔，写其影响。虽然两位老人相继去世，这一段爱情故事已经成为绝唱，但“爱情天梯”依然在，其回荡在人们耳畔的开凿之声，亦是对当今社会如何追求纯真爱情的恒久的启示和遗响。

梅

丁欣

数枝香雪点黄昏，
明月箫声落影痕。
不道风霜严紧处，
凛然犹见美人魂。

【评析】

一、二句化林逋《山园小梅》“疏影横斜水清浅，暗香浮动月黄昏”诗意，但“点黄昏”、“落影痕”遣语未安。三、四句赞冬梅之品格，喻为“美人魂”，未能翻新。三句“不道”意未妥，可改“未惧”，以与四句“犹见”呼应。

水仙花

陈 玠

滚滚红尘难止贪，
清泉一勺叹君廉。
超冰胜玉何能此？
葆有内中一片丹。

【评析】

诗托物寓意，借咏水仙花礼赞清廉高洁的人格。一、二句在“贪”、“廉”间构成对比：“滚滚红尘”中水仙花只须一勺清泉即能滋养，何其清廉！三、四句进而揭示原因：其所以能超冰胜玉，乃因葆有一片丹心。咏物不粘不脱，取神遗貌，能摄水仙之魂。

秋思

齐凯

元是潇潇暮雨时，
清歌一曲寄相思。
遥怜故里秋风劲，
零落黄花又几枝？

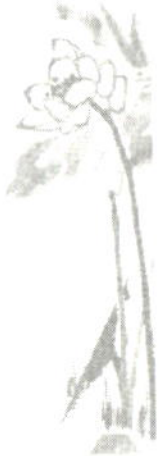

【评析】

诗写深秋暮雨时节遥寄相思之情。一、二句写在暮雨时节谨以这一曲清歌、一首小诗聊寄分处两地的相思。三、四句寓珍重意，“黄花”无比喻意。一句“元是”追忆口吻，不妨改“正是”，四句“又”改“第”，字面更工致，诗意也更浓。

思念

高欢

依依脉脉两如何，
细似柔丝渺似波。
月不常圆花易落，
一生惆怅为伊多。

【评析】

一、二句设问扣题“思念”，“依依之情”、“脉脉之情”都是怎么样的？这两种情思都细如柔丝，渺若烟波。三、四句感叹不圆满，而将为伊惆怅一生，说明了此份情感在作者心中的分量。此诗善用双声连绵词，和婉有致。

秋意

吴建永

时逢静谷晚秋钟，
萧瑟江山翠叶红。
最是枫林能揾泪，
翩然一地吊春风。

【评析】

此诗从整体上看，写得比较平淡，稍出彩处在三、四两句："最是枫林能揾泪，翩然一地吊春风。"以泪水拟落叶，谓翩然飘落一地的落叶，正是秋天枫林为凭吊春风而揩下的眼泪。但首二句发意较为逊平。首句"逢"字未妥。

龙洲帆影

李义生

乌龙绞水济襄河，
一派清流响棹歌。
日过千帆樯影乱，
夜来柳岸伴嫦娥。

【评析】

诗写龙洲襄河日过千帆，棹歌响彻；入夜月光静谧，照拂岸边垂柳。作者力图出新，但构思不成功，诗题《龙洲帆影》不甚妥契，生造的句子也让人难解其意，比如首句“乌龙绞水”究竟是什么意思？第二句“一派清流响棹歌”，以“一派”修饰“清流”亦不稳妥。相信认真修改，重新构思并组织好材料之后，诗会变得精彩、易懂和感动人的。

寄语体坛健儿

李义生

伦敦圣火映秋空，
激励吾侪代代同。
败寇成王非奥旨，
出征参与亦英雄。

【评析】

诗题《寄语体坛健儿》，二句不应出现“吾侪”，且“代代同”辞意亦含糊不明。三、四句语亦多扞格：“奥旨”是一个词，不能等同于“奥运会宗旨”的简化；“出征”亦不等同于“参与”，对“健儿”而言，当属前者；但既然不必留意于“败寇成王”的输赢，不知其复受何种“激励”？诗旨含混。

雪梅

郭月恒

浑沌弥天白絮飞，
一枝疏影近窗扉。
幽香雅韵凌寒立，
梦入花魂逐玉飞。

【评析】

此诗有成功处，也有不通顺、不妥帖处。一、二句叙题。一句言大雪如白絮满天飘飞，天地一片混沌。二句“一枝疏影近窗扉”叙写雪中之梅。一、四句韵字“飞”重。一句“浑沌”字面未妥，二、三句意重合，四句“梦入”不通。

雪后月夜赏梅

赵明喜

月朗天初霁，
雪寒梅正芳。
更深眠不忍，
疏影探轩窗。

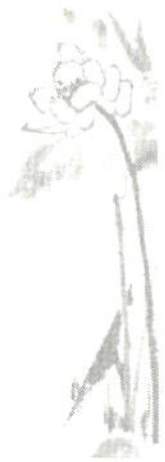

【评析】

一句扣题“雪后月夜”，二句寒梅正香，乃写想象；三句交代夜深不忍眠的原因，是月光中梅之疏影探落在轩窗上。诗有法度，炼字亦工，如四句“探”字尤佳。但韵不协，“芳”阳韵，“窗”江韵。

寄

邢涛

纵横千里月随圆，
再借东风斟客船。
追梦天涯逐海角，
相思陈酿醉人间。

【评析】

诗题《寄》过简，或有“本事”。一、二句“纵横千里月随圆，再借东风斟客船”，辞意不易索解，字面上“随”、“斟”都未稳。三、四句写追梦到天涯海角，并为长年酿造而成的相思之酒所陶醉。

偶感

孙式军

低吟易水曲，
高唱大风歌。
白发思年少，
黄昏可奈何。

【评析】

诗写励志奋发之情，立意高。一、二句以低吟荆轲《易水歌》、高唱刘邦《大风歌》感发而兴起；三、四句说须尽早建功立业，莫等闲白了少年头。

黄鹤楼前论纵横

齐保民

黄鹤楼前论纵横，
白云千载意谁评？
楚天多少英雄泪，
付与长江万里行。

【评析】

一、二句说在黄鹤楼前纵横议论什么？楼上白云飘过千载，中意过谁的哪种评论？三、四句说此地挥洒过的英雄泪，都已经载入了历史史册。此诗格调高朗，视界宏阔，读来令人兴感。以首句为诗题，似可再斟酌简化。

农家乐

邓崇绪

夏日橙花分外香，
村前屋后蜂蝶忙。
牧耕垄亩东山上，
一路放歌乐洋洋。

【评析】

诗写农家乐，读后让人感觉到农家确实有其“乐”处。一、二句“夏日橙花分外香，村前屋后蜂蝶忙”，说村前屋后夏花盛开，引得蜜蜂、蝴蝶忙个不停。三、四句写为躬耕东山，一路放歌高唱。三句“牧耕”可改为“躬耕”。

偕汪君合影题照

李义生

朝晖柳浪弄春风，
邂逅荆州喜会逢。
二十八年离别意，
悲欢尽在不言中。

【评析】

诗写与友人多年分别后不期而遇，于是合影留念并题诗其上。三、四句意佳，感慨别后二十余载无论是悲是喜，都在这尺幅中了。首句“朝晖柳浪弄春风”写时令，但“柳浪”、“弄”字面都未妥。

过台湾海峡

严智泽

岛水西流陆水东，
江山血脉喜交融。
激扬华夏千秋梦，
万里波涛起蛰龙。

【评析】

时事入诗。一、二句以两岸之水东西流向而交融，喻指海峡两岸同胞血脉交融。三、四句想象万里波涛上蛰龙腾飞，华夏千秋美梦成真。此诗情胜于韵，立意和语言惜较为泛平。

燕山春早

庞井君

浅草疏柳轻轻染，
远山层林澹澹烟。
田垄黄犊飞燕子，
杏花春雨唤杜鹃。

【评析】

诗题《燕山春早》，实写田园早春。一、二句分写近景、远景，但“轻轻染”和“澹澹烟”意重，格律亦未尽合。三句是“特写镜头”，四句意在唤出春雨，但“杏花春雨”不合“燕山”之景。全诗有形象，但未合律。

剑

丁欣

雪魄霜魂锻此生，云心泉骨自天成。
临渊每起鱼龙舞，挂壁犹传虎豹声。
慷慨引歌锋易老，唏嘘斫石气难平。
清光守到千秋后，玉宇教看牛斗横。

【评析】

这首诗以剑为题，写剑实乃写人。首联起入，言剑之所出，乃雪之魄霜之魂所锻；白云之心、龙泉之骨，剑的品格天然独有。三、四句承叙，具言此剑风致和高格：临渊便与鱼龙共舞，风致潇洒出尘；挂之于壁，则犹能传出虎豹之声，盖壮志未酬，壮心未已。颈联接递开合，转言弹铗而歌，感慨徒怀霜锋，蹉跎易老；唏嘘不平而拔剑斫断顽石，一气喷薄而出！尾联收合，变换笔意而笔势不减：既然于世无补，那便与此剑清光相守，直待千秋之后，可教世人看到，牛斗之间横着一道光芒，那就是剑魂所化。此诗言剑实乃写人，豪气干云，铿然作响，独标清节，气度浑灏；而句律典重，怨而不怒，洵合风人之旨。

农家乐

侯良田

农家纯朴院，梨果压枝低。
犬吠门前客，虫逃篱脚鸡。
奇闻聊晚饭，笑话逗贤妻。
夜挂东山月，鼾声响小儿。

【评析】

诗写农家生活之乐，富有时代气息。首联写生活环境，梨果累累满院；颔联状鸡犬相闻，笔致平实无华中寓有情趣。颈联撷取吃晚饭这一具体生活细节，“笑话逗贤妻”的描写和语言有时代特征。尾联亦佳，情以景结，幸福一家人。此诗风格朴素自然，亦饶具情趣，不失为今日诗中一体。

山居

白凤岭

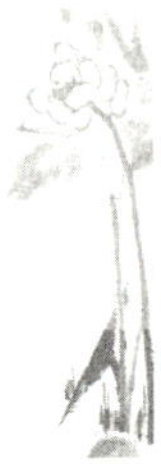

鸟音数日犹相识，幽径三程亦重情。
淡泊为因邻竹住，逍遥自是踏歌行。
云深不碍我来去，心静无关月缺盈。
向晚一邀村寨叟，席间闲话小山城。

【评析】

诗写山居之得。首联起入，写鸟音、幽境因熟悉而感温馨。颔联承叙而用虚笔概言淡泊、逍遥状态的因由；颈联还用虚笔递叙，表现作者出尘心态。尾联收束，虽高蹈而非完全不食人间烟火，不关心世事。此诗虚实结合，描写细腻：虚笔描摹，则吞吐含情；实笔状绘，复意在言先。锤炼精工，颈联尤有高致。全诗结体清远，句句绘景，句句写情，处处透露出喜悦气息和明快情调，有似放翁气象，然亦稍露筋骨、圭角。

秋怀

朱宝纯

廿年一别岂能忘，愁写秋天雁字长。
笛里情怀空幻灭，眼中岁月已沧桑。
披襟岸帻非关醉，把臂连床定是狂。
梦到终宵风雨后，遥怜野菊共云黄。

【评析】

诗写深秋怀远。首联起写一别廿年，无以通书，唯见秋天雁阵而徒生愁叹。颔联承叙别后情怀，笛曲里自我排遣而感到情事模糊，生灭成幻；无言流水中过去岁月已成沧桑。颈联转写放达、脱略之迹，有龚定庵诗风味。尾联绾合，经历整晚风雨梦醒之后，尚有黄云、野菊共堪遥怜。“野菊”、“黄云”或有伊、我之喻。低昂沉郁，感慨系之。惟词语出新不够，格调亦低沉了些。

秋别

武建东

风吹红叶冷，月照碧波寒。
远客空垂泪，小桥斜倚栏。
手机惊别梦，短信报平安。
来日仍多寄，相知意不残。

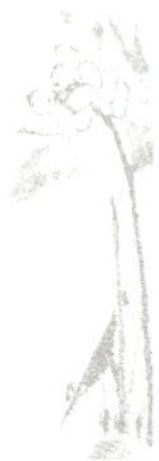

【评析】

首联起笔状绘分别环境，那是一个风冷叶红，月照碧寒的秋夜。轻愁微寒，实乃一篇之眼。颔联承写分别场景，离人远去，小桥上栏杆斜倚的身影只留存记忆中。“垂泪”化裁古意，可谓情深；“倚栏”用饰“垂泪”之伤，画面清雅。颈联转叙别后情志，“手机”铃声惊梦，而短信内容已报平安。以“手机”、“短信”新语汇、新意象入诗，在看似平凡不经意的社会现象里所倾注的深意则只属个人经验。尾联绾合，期盼短信“来日仍多寄”，以保持相知的心意。

雅丹地貌赏游

郝秀普

神奇胜景本天工，气势浑然迥不同。
舰队帆群出翰海，狮身人面卧秋风。
黄沙百里残丘峻，青史千年大漠雄。
历尽沧桑谁独健？浮生一瞬过苍穹。

【评析】

诗写旅游观赏雅丹地貌及其感悟。首联起笔铺排，概言气势不凡的神奇胜景是天工造化的产物。颔联和颈联极写雅丹地貌的千变万化，对仗工稳，笔势有力。尾联“历尽沧桑谁独健？浮生一瞬过苍穹”尤佳：雅丹地貌的形成，是自然造化作用上万年的结果，而在有限人类与无限自然的对峙中，人是渺小的，个体的一生不过是短暂的“一瞬”！这正是作者这次旅行中获得的人生感悟。

夜读散原精舍诗

齐悦

华表依然化鹤回，虫沙满眼尽池灰。
逼灯家国孤哀迸，袖手乾坤万马来。
北望中天馀惨淡，老归奇愤尚崔嵬。
残年剩有呕心血，啸咤云雷傥未开。

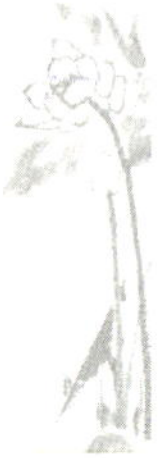

【评析】

诗写夜读陈散原诗所感，抒情主人公已与陈散原其人其诗打成一片。首联言诗人化鹤而回，华表依旧而小人横行。君子化鹤，小人为沙虫，并合用丁令威典，起笔即不凡。颔联扣诗题，家国孤哀，袖里乾坤，纸上风雷，俱彰显灯下目前。颈联概括散原老人晚年行止，并写作者自家心声，这两联笔力沉雄，有如走云连风。尾联直抒胸臆，精诚所至，感人心魄！此诗功力深厚，不惟造语精工，更在骨力雄浑。就中“袖手乾坤万马来”、“残年剩有呕心血，啸咤云雷傥未开”，皆似未有人道者。

忆炊烟

周辉昌

人在他乡半百年，依然难舍旧炊烟。
柴禾晨接朝阳近，水桶昏挑落日圆。
米少杂粮锅共煮，岁艰邻里手相牵。
母亲一点炉中火，便把心情写满天。

【评析】

诗写知天命之年回忆旧时炊烟，重温温馨记忆。首联入题，人在他乡，年已半百，最难忘怀的还是对旧时炊烟的记忆。颔联承叙伴随着日出日落，早起拾柴，日暮担水。颈联递写彼时岁月虽然物质匮乏，每顿饭只有少量的米和杂粮共锅同煮，但邻里间相互帮助，情谊深厚。尾联升华，谓母亲只要把炉中的火点起，就把一整天美好的心情带给了全家人。诗写乡情、写童年温馨的记忆，朴实无华，感人至深。

夏雨

戴大海

紫气腾空百万兵，四方云动压鹰城。
天边电笑游龙影，雨后风颠野马声。
惊鹭带烟投别树，急鸥挟浪撼危亭。
江湖一夜飘摇境，竟向中流慨不平！

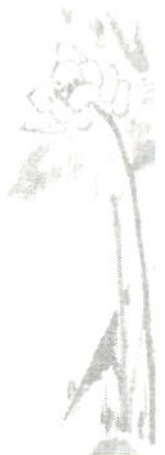

【评析】

诗写江城夏雨之景。首联状写夏雨欲来前云腾压城之势，句法工稳，富有气势动感。“紫气”用词微觉未妥。颔联承写雷雨到来之景，“游龙电笑”、“野马风颠”，摹声绘影，富有创意。颈联递写江湖边风雨中的惊鹭、急鸥，言其特征“带烟”、“挟浪”，亦自然生动。至此，诗写江城夏雨，天上地下，宏纤俱写，纯用白描，已得东坡《六月二十七日望湖楼醉书》绘景之妙，而尾联一结尤结得出人意表，复得比兴之余意，似有弦外之音。

谒岳鄂王墓

沈 滢

十二金牌急，中原砥柱倾。
公卿无谏草，帝相有联盟。
三字铸冤狱，四奸遗恶名。
生平在青史，洒泪吊贤英。

【评析】

诗首联起入，概写岳家军被宋高宗十二道金牌诏令撤军、自毁长城的史事。颔联承叙当时朝中政治，公卿唯诺，对赵构、秦桧与金人和谈决策不敢异议。颈联递写虽以“莫须有”三字冤杀了岳飞，但秦桧、王氏及其帮凶终究逃脱不掉历史的审判而遗臭万年。尾联结以洒泪凭吊。诗平整流畅，惜新意不多。

塞上怀远

武建东

塞上漠风起，枝头萧飒秋。
隔墙飞叶度，浮影逐波流。
客醉思还涌，诗成心更幽。
怀君自生恨，望远愈添愁。
百草随时歇，孤情凭梦留。
归途何寂寂，来日却悠悠。
云近山藏势，天高月满楼。
如今仍有愿，相寄是凉州。

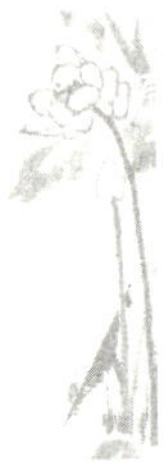

【评析】

一起入题，塞上深秋，秋风卷叶。“飞叶”、“浮影”，兴中兼比。接下客中羁旅感叹，醉后诗思翻涌，而诗成人感更孤独。接又提转，由爱陡生恨，怀远更添愁；复不愿此情如百草随时令衰歇，但也只能梦里依稀而存留了。心底微澜，又翻一层。结笔温婉。此诗抒情细腻，“孤情”深挚。长篇铺排，笔致层递，合沓变化，顿挫有致。

秋日感怀

陈俊明

江湖十载任西东，何处林间忆倦容。
那夜曾知新月冷？此身不与旧时同。
众山齐寂秋声里，一剑孤鸣夜静中。
几度夕阳朝雨后，依然匹马立秋风。

【评析】

诗题《秋日感怀》，实写孤自高标之情。首联起入，概括回顾十年生涯，总是热情饱满，起笔跌宕不俗。颔联承叙，年华无悔，在磨砺中成长，此联句法新颖别致。颈联加深一笔，亦为全篇之眼，“一剑孤鸣夜静中”，品格孤标，形象跃出。尾联谓意度无改，独立秋风。结句俊爽，气味深长。全诗句律纯熟，一气贯注，超迈有剑侠气。颔联、颈联皆具创意。

题黄河壶口瀑布

杨逸明

卷沙裂石鬼神惊，发出黄河怒吼声。
天上不应如此浊，人间更得几时清？
从崖跌落仍昂首，向海奔流又启程。
我敞风衣壶口立，好教襟抱蓄豪情。

【评析】

首联点题写黄河壶口瀑布声势，颔联由“清浊”引发联想，“天上人间”对比而设问，哲理韵味兼具。颈联状绘瀑布之起落形态，赋予其动态生命的历程感。尾联收束，结以豪情壮气。全诗格调激扬，章法起伏有致，联对铿锵有力，句法亦灵便，以歌行手法写律诗。

《正气歌》长卷

杨汝楫

铺纸衔杯饮未多，神经不乱面无酡。
不求逸少黄庭卷，直取文山正气歌。
墨到酣时血喷涌，笔临辍处泪滂沱。
忠贞已自垂青史，万古霞光漾逝波。

【评析】

诗写墨书《正气歌》长卷时所感所想。首联写准备活动，还特别为书事而小酌到恰到好处。颔联、颈联言书写文天祥《正气歌》的过程，凸显作者心潮的起伏澎湃。尾联盛赞文天祥的忠贞如万古霞光照亮了历史。颈联意新。“血”即“血脉”、“血气”之谓。“漾”字亦未稳妥，诗题当改为《书＜正气歌＞长卷》。

新春一律

徐家勇

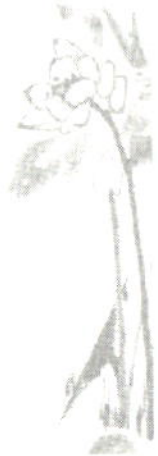

书山有径乐无涯，翰墨怡情休自嗟。
岁序更新梅弄影，春风仍旧柳催芽。
词清原本三思得，道直焉能一念差。
历史长河谁作主，文章千古仰诗家。

【评析】

首联写怡情自得于读书翰墨之乐，颔联转入，言梅影柳芽间春来寒往，岁时更新。颈联抒发为文立身之道的感悟，尾联即王国维“生百政治家不如生一诗人”之意，但语句逊平，未能工切以提升全篇。

致书法家友人

宁泉溪

砚台盛碧海，宣纸蔚青云。
大写人天地，畅书精气神。
钤章抒雅兴，翰墨赋诗文。
佳作凭德艺，流传争赏存。

【评析】

首联起入，谓尺幅间涵蕴峥嵘气象。颔联佳对，“三才”对“三宝”，复得外师造化、内得心源之意。颈联笔力转弱，遣句有趁凑之感。尾联嘉许友人德艺双馨，佳构叠出，人们争相欣赏和收藏。

秋思

刘质光

薛涛笺寄远，秋韵唱还赓。
萧瑟乱思绪，蒹葭动别情。
雁沉音讯杳，月上野湖平。
独立桥头埠，徒来客棹轻。

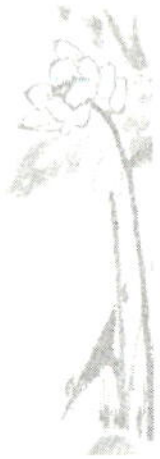

【评析】

诗写诗友间秋别相思，由希望到失望。首联“薛涛笺寄远，秋韵唱还赓”热起，颔联“萧瑟乱思绪，蒹葭动别情”温承，颈联“雁沉音讯杳，月上野湖平”冷转，尾联“独立桥头埠，徒来客棹轻”寂合。全诗工致缠绵，颈联、尾联尤见功力。

次韵王恒鼎《暮春书怀》

杨继东

独对熏风把酒卮，管它懒絮惹闲丝。
蝶离花谢香消后，叶散枝开子结时。
梦里繁华双燕老，吟边惨淡一情痴。
韶光虽逝真无谓？为爱而歌本是诗。

【评析】

首联谓已夏日临风独酌，无暇闲愁。颔联、颈联刻画、理解和宽慰“情痴”友人。尾联设问而结，饶有风致，谓为爱情而放歌，本身就是诗。诗句法老成，联仗工稳。

秋寄

梁宇发

思绪莹莹秋水长，愁怀每叹不成章。
竹争日月枝常绿，草怯风霜叶又黄。
梅瘦山中蓄傲气，人怡书里集馨香。
多情总似心头月，笔下生烟韵八荒。

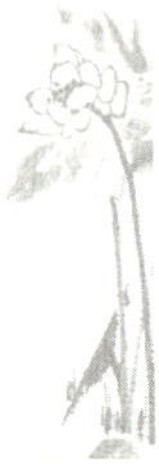

【评析】

首联“思绪莹莹秋水长，愁怀每叹不成章”叙题“秋寄”，以“莹莹”修饰思绪未稳妥。颔联、颈联“竹争日月枝常绿，草怯风霜叶又黄”、“梅瘦山中蓄傲气，人怡书里集馨香”，句法、意味多当下所写旧体诗的体格特点。尾联推宕，摇曳生姿，全篇最佳处在此。

致青州学友张键

蔡述金

别去经年音讯无，可怜今夜月当初。
汉垂万里星依练，云幻千波景胜图。
面壁青州寒士梦，舍得黄榜贵人符。
劝君莫再愁风雨，且把山河读作书。

【评析】

诗写劝导远在青州的朋友。首联起入，谓一别经年音讯全无，今夜月色如初，就景叙情，情韵兼至。颔联承叙状绘万里银汉、变换云海之壮美气象。颈联直接给予鼓励，寒士之梦不难有金榜题名的一天。尾联“劝君莫再愁风雨，且把山河读作书”尤佳：经此推宕跃起，境界肃然而出。此首致学友诗，格调温雅，不支不蔓，有导有劝，洵为佳构。

乡思

陈玉海

疏林远雾滋，寒水泊舟迟。
千里他乡客，三生赤子思。
今春看又到，夜月缺重追。
除夕花灯挂，期儿喜上眉。

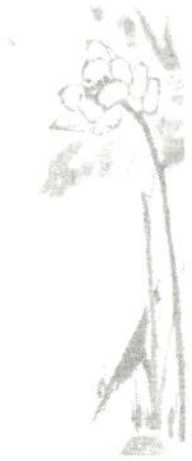

【评析】

诗写乡思，全盘婉转关生，乡心真挚，诗法老到。首联以疏林远雾、寒水泊舟兴起，颔联以“他乡客”对“赤子思”，承写入题。颈联递写心情，联仗中“又”、“重”虚词用得好。尾联“除夕花灯挂，期儿喜上眉”尤佳妙，从家中着笔，有余韵不尽之致。此篇为五律中的佳作。

辛卯人日安甫过饮舍下

齐悦

流光携日到深杯，百感中年只旧醅。
荦荦馀生休论世，翻翻棋局可怜才。
欢愁揽梦逐云散，郁勃蟠胸与岁来。
赊老不须文字债，独持慷慨替风裁。

【评析】

诗写诗友来访同饮感怀。首联友人过访，平添深杯雅兴。颔联自嘲不才，于世无补。颈联“欢愁揽梦逐云散，郁勃蟠胸与岁来”，言胸臆襟怀。尾联“赊老不须文字债，独持慷慨替风裁”，豪气未减，里手操刀，宝刀不老。

紫禁城书感二律

杨逸明

跨入重门脚步沉，宫廷秘史影森森。
月穿丹陛含腥味，风动珠帘带颤音。
得利官称谋利少，扰民君说爱民深。
一砖一瓦皆通鉴，资治真堪抵万金。

压榨蒸黎血泪干，搬迁玉宇到尘寰。
蛟龙云雨腾挪地，神鬼雷霆发射端。
万岁圣朝难以久，独夫高处不胜寒。
至今金水桥头月，仍把兴衰冷眼看。

【评析】

诗写游紫禁城故宫观感。首篇首联言来到上演秘史的宫廷，脚步沉重。颔联承叙此地当年曾发生过血雨腥风的政治斗争。颈联递写阳儒阴法，“仁政”面纱下的真相。尾联收结有力，谓此地的一砖一瓦都是价值万金的政治镜子。后篇首联谓此处人间天上的宫殿，都是民脂民膏所成。颔联颈联写皇权神道，作福作威，但从来难以持久。尾联收顿把历史兴衰赋与桥头冷月。

近况

杜朋朋

乍饮能沉醉，将眠可啜茶。
敲门知是客，得道不称家。
偶诵前贤句，时培后院花。
心宽忧富态，安步渐轻车。

【评析】

诗写个人近况，实举随性适意的生活状态。首联入题，通过“乍饮沉醉”、“将眠啜茶”的生活细节，说明“反常合道”的生命状态。颔联“敲门知是客，得道不称家”，尤富禅意。颈联“偶诵前贤句，时培后院花”亦佳，递叙随性适意的生活状态，联仗亦工致，一“偶”一“时”，情态可见。尾联收束，笔触轻松，安步当车，增加运动以避免肥胖。

衡水湖感兴

孙恒杰

淼淼烟波望欲迷，天光云影逐高低。
衔鱼鸥鹭蒹葭里，戏水儿童菡萏西。
湖岛风来飘绿锦，沙洲雨过展银席。
谪仙苏子如逢此，畅饮白干泼墨题。

注：衡水湖，在河北省衡水市。白干，为当地名酒。

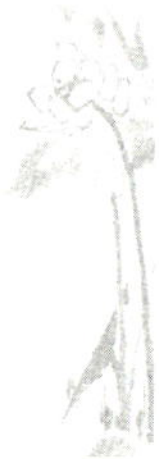

【评析】

诗对衡水湖抒感。首联起写湖面远眺所见，烟波浩淼，云影高低。裁化得当，句法纯熟。颔联接写湖中具体场景：“衔鱼鸥鹭蒹葭里，戏水儿童菡萏西。”和谐而富有生机。颈联递绘风雨沙洲的优美的图画。尾联突发奇想，假使当年苏东坡面对此种美景，也定会畅饮此地名酒，泼墨题诗。此诗构思精巧，情景相生，层层皴染；联仗浑然，颔联和颈联尤佳妙。

初夏村居

宋炳煜

天生为农居是乡，薄田靠路近水旁。
小苗经雨如手握，青杏得肥似桔黄。
野雀五更噪树梢，农家四月话年穰。
相逢但喜熟禾麦，分道牢牢道莫忘。

【评析】

诗赞美初夏时节农村生活和乡间朴素真挚的情谊。首联起入纯是家常话，颔联和颈联具体写四月初夏时节的农家生活。颔联从细部下笔，“小苗经雨如手握，青杏得肥似桔黄”，描写细腻传神。颈联从总的大处着眼，写农家四月里对一年的希冀，叙事生动，充满自然生机和田园之美。“五更”对“四月”，亦颇新颖。尾联以歌颂乡间情谊收束。此诗风格朴素自然，小中见大，没有实际生活和细致观察，是写不出来的。实为乡村题材中难得的佳作，值得提倡。唯个别字平仄未合。

和祯祥兄《秋月》韵兼呈诸友

赵键

秋色平分月又斜，云衫翠羽笼轻纱。
蟹肥正拟拈诗句，酒热相将佐菊花。
玉冷中宵虚竹影，桂香寒露着风华。
佳时能几佳人笑，谁伴孤吟漫自嗟。

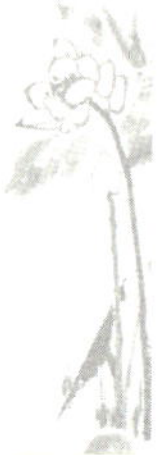

【评析】

诗咏中秋月，乃唱和之作。首联起唱入题，以云如轻纱、翠羽裁为月之衣衫，侧面烘托“斜月”，绘景状物，笔触老到。颔联承叙，谓正是蟹肥酒热、作诗赏菊花的好时节。颈联递写中秋之际月夜竹影婆娑和桂花之幽香冷韵。尾联以不得佳人称赏之自嘲收结。此诗通篇格律齐整，句法老练，情调典雅幽婉，饶具传统文人风致，可谓学古有得者。

醉梦吟

李云杰

空楼忘夜独酒杯，柳絮纷飞愁人追。
风飞尘起传阡陌，水落露凝沾紫薇。
孤鸿无迹遮天泪，寂月留痕掩苍扉。
仰身笑叹欢需尽，把酒人生梦几回。

【评析】

诗写把酒入梦，借梦抒怀。首联言空楼独酌，酒醉入梦，梦里柳絮纷飞。颔联接写飞絮。颈联感叹自我。诗旨似有以“飞絮”自况意味，但章法层次欠明晰。结句“把酒人生梦几回”亦显空泛，不得要领。字面修辞亦有欠工稳，如“忘夜”、“天泪”云云。

游书圣故里并蔡元培旧居

邢　涛

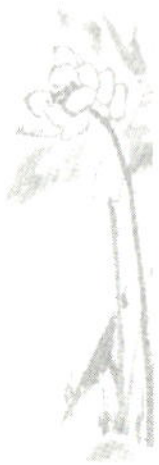

蕺山风雨送烟云，笔墨文章义永存。
题扇三折思大众，舍宅一处渡生民。
学林泰斗精博古，人世楷模益立新。
仁道善缘擎社稷，琴心剑胆贯乾坤。

【评析】

诗写游览绍兴王羲之、蔡元培故里，表现崇尚贤人志士之意。作者将古今两贤并写，少有先例。章法布局上不免因笔墨支离平叙而缺少层次，句法也少变化，语言锤炼亦不大够，如“精博古”、“益立新”、“擎社稷”。一诗写古今二人，当有力不从心之感。

拜恩慈母

谢洪英

相思十月近寒秋，传梦乡魂郁积愁。
万唤千呼肠欲断，三言两语泪当头。
香残烛烬飘圆魄，露化风弦伴冷丘。
恭敬冥钞呈送上，拜恩慈母在天收。

【评析】

诗写与慈母生离死别。首联言母亲离世在已感寒冷的十月的深秋初冬之际，作者远在他乡，托梦得之。颔联接写遽失母亲的悲痛，情深意切，不求工而自工。颈联转叙幽冥绝隔，阴阳两途，终归入土为安，而冰冷的坟头上只伴有化露秋风的悲鸣。尾联以传统民俗的方式，表达子女的祭奠和孝心。

寄友人

盛桂森

频传鱼雁两相知，音韵推敲未几时。
少壮轻心流水逝，衰残学步夕阳迟。
闲研古调怡情性，偶赋新词抒绪思。
无限风光逢盛世，金声玉振属君奇。

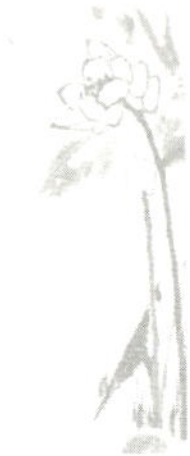

【评析】

诗乃寄友之作。首联言书信频传，共同推敲，两心相知。颔联感叹自己年轻时于诗艺不曾留意，暮年才学步此道。颈联接叙吟诵创作之乐。尾联结于盛世和奇友。此诗整体工顺，二句“未几时”不妥。

寄心音

谢洪英

粉黛情澜拨月琴，弦声夙愿寄心音。
玄晖总惹相思苦，海浪常勾念想深。
雁入白云舒畅咏，莺翔大地洒然吟。
长空不解孤芳恨，蝶梦幽幽万里寻。

【评析】

诗写相思牵挂之心曲，语真意切，一往情深。首联入题，谓虽身为女子但抑制不住情感的波澜，弹拨起月琴，让琴声寄托心里的夙愿。颔联承叙琴声如诉，如同天空中的阳光，海水中的浪花，勾惹起深深的牵挂和苦苦的相思之情。颈联递绘心灵的音符自由吟咏，就像大雁穿入白云之中，黄莺飞翔大地之上。尾联收结，谓长空也不能理解我的遗憾，只有梦里化蝶，万里去追寻。诗句律成熟，意象生新，口语入诗，锻造有得。

文友冬日来访

祁汝平

长风万里破寒云，客舍门开是故人。
不尽情思欣遂愿，连番梦境喜成真。
词新赋好蓬门秀，舞劲歌高陋室春。
问月谁云归去晚？豪情波涌酒千樽！

【评析】

诗写冬日文友过访，诗酒相聚之乐。首联起入，兴中兼比，句法洒脱。颔联承写相见的欣喜之情，联仗自然生动。颈联递写新词写就，劲舞高歌，陋室增辉，用实笔。尾联问时于月，想象不俗，与千樽豪情相埒。格调明快，诗是快诗。

清明祭父

沈利斌

长怀二十年前事，我尚垂髫竹马行。
一别慈颜真不见，时来悲梦最堪惊。
哀心纵也怀高志，世业奈何输后生。
有愧无言当此日，坟前草树又清明。

【评析】

诗写清明节祭奠亡父。首联谓二十年前垂髫之龄生别慈父的事情，难以忘怀。颔联续写时常梦中悲哀惊醒。颈联言成绩不大，无以告慰在天之灵。尾联说最惭愧无言的就是清明这一天，父亲坟前的草又绿了、树又高了，情以景结。句法老成，笔笔能留，句句承上。

秋菊

罗国军

疏林凋叶坠西风，斜出东篱秀碧丛。
掩翠银钩添素雅，沉香玉盏透玲珑。
噙霜不废豪情壮，吐蕊皆因胆魄雄。
立世萧条凭傲骨，南山脚下醉陶公。

【评析】

诗咏写秋菊。首联起入，谓在秋风卷过疏林吹落凋叶之际，东边篱院的丛碧中斜秀出秋菊。颔联状绘秋菊仪态风貌，譬以“银钩”、“玉盏”之喻，形神俱似。颈联接写秋菊经霜绽放的风骨胆魄。尾联结以人花相知，陶渊明最知赏此花品格。诗温雅有骨，气度从容。

夜读

邢涛

灯高夜静墨香浓，水色山光跃卷中。
峰谷雪波董北苑，志情诗画米南宫。
芝田储秀追唐韵，玉岭含烟续宋风。
万法归宗书有道，清心明月映苍穹。

【评析】

诗题《夜读》，实写品鉴书画，似有未合之处。若改成《夜晚灯下品鉴书画》，则差为近之。首联起入，一“静”、一“跃”，环境、心态宛然。颈联“芝田储秀追唐韵，玉岭含烟续宋风”，工致有佳思。尾联以书道清心作结，清词浅近。

游南园

盛桂森

虹销云散泻晴光，荡涤尘埃净四方。
水域横穿苍鹭醒，花心连吻蜜蜂狂。
盘形菱叶藏红蕾，虬状松枝展绿装。
一片生机新雨后，蓝天碧水寄情长。

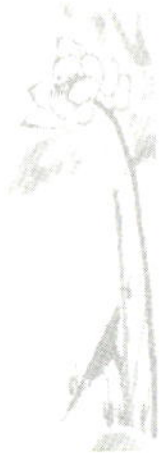

【评析】

诗题改《雨后游南园》更切。颔联“水域横穿苍鹭醒，花心连吻蜜蜂狂”，观察仔细，联对生动。颈联“盘形菱叶藏红蕾，虬状松枝展绿装”，笔力转弱，遣语板滞。尾联结意亦稍平。

松山喋血

梁东

喋血狂飙 滇西抗战片段回眸（其一）

远征路上万夫雄，旷世男儿绝世功。
石烂山崩魂是骨，躯残骨碎齿生风。
松摇鼓角连天吼，魂落星河仰面攻。
一寸青葱千斛血，彤云浴火更飞虹。

【评析】

此首体式非“古风”，乃律诗也。诗写抗日战争中气吞山河的松山血战，历历如绘，动人心魄。对仗精工，中间两联尤壮观生动，“齿生风”、“仰面攻”造语新奇，道人所未道。结句“彤云浴火更飞虹”，寓意深沉。

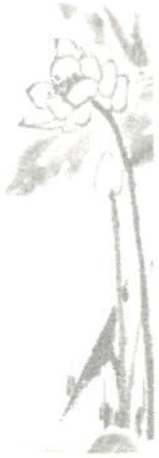

腾冲焦土

喋血狂飙　滇西抗战片段回眸（其三）

梁　东

咆哮江流怒不平，高黎贡岭炸雷声。
元间陋巷烽烟炽，骇世荒垣夜月明。
忍付空城留厉鬼，终将焦土换新生。
滚锅热海火山口，血肉尤升烈焰腾。

【评析】

诗写滇西抗战中的腾冲焦土战，礼赞与敌同归于尽、视死如归的气概和焦土涅槃重获新生的经历。诗笔概括，如“元间陋巷烽烟炽，骇世荒垣夜月明”、“忍付空城留厉鬼，终将焦土换新生”云云，情韵与委婉虽似不足，而笔力与健气正其佳处。

古杉忠魂

喋血狂飙 滇西抗战片段回眸（其五）

梁 东

劲节虬枝古道边，孤标高接九霄烟。
中条山上死还继，腾越阶前生已捐。
不惧惊雷频打树，岂愁鬼火总烧天。
定睛直作穿杨箭，射落膏丸无再圆。

【评析】

诗咏写古杉忠魂，即礼赞中华民族抗击侵略的不屈精神。首联即拟古杉于人，赞其劲节。颔联、颈联接续赞美其不屈精神。尾联以复仇利箭射落敌旗作结。雄壮健朗，令人感奋。

山之上，国有殇

喋血狂飙　滇西抗战片段回眸（其六）

梁　东

英灵河岳镇狂澜，长剑摩天日影寒。
山上国殇千载祀，人间大义一肩担。
丰碑危立阵成列，忠骨栖依锷未残。
竦听风掀南海浪，安魂曲尽几曾安！

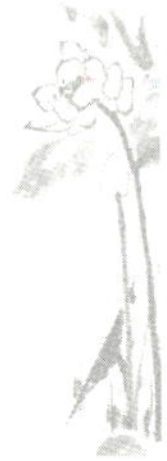

【评析】

此首与上诗属同一系列之作，诗仍以气概胜。颈联“丰碑危立阵成列，忠骨棲依锷未残”等锻炼处不及上诗自然。尾联“竦听风掀南海浪，安魂曲尽几曾安”，历史现实对接，尽显忧患意识。

无题

杨继东

回首前尘清泪滋，小园红豆铸相思。
一从蝶梦如星逝，又见烟花难自持。
几度西楼人倦倦？为何南浦月迟迟？
此身愿作孤银杏，千载为君空结枝。

【评析】

诗题《无题》，合古人体格。诗写难遂情结。首联追忆当初相识相思，已是前尘昨梦，不觉清泪暗涌。颔联承写本已以庄生梦蝶自我宽解，不料又因现实中偶然触媒的触发而难以自持。颈联可理解为分写伊、我双方。尾联痴情不渝，拟如“孤银杏”，生动决绝，收束甚有力。

山居

谢继祥

雨打柴门冷，风吹竹径深。
敲盆驱野雀，撒谷唤家禽。
客至忙温酒，棋残漫抚琴。
乱弹花鼓调，细听是乡音。

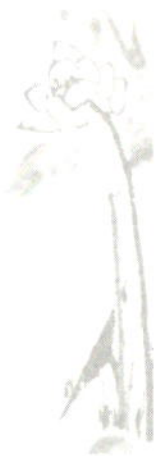

【评析】

诗写山间幽居。首联点题，“冷”、“深”点染环境，炼字佳。颔联生动，续写山居中喂食具体场景。颈联分写来客和独居两种生活，一“忙”、一“漫”，从中可见以独居为主。尾联写山外传来花鼓曲调，打破了幽居的寂静；而以仔细辨听出是乡音作结，引人联想。

无尘

李海彪

疏村冉冉晚烟稀，一曲涧流山外飞。
唤鸭声随微月起，荷锄人引老牛归。
闲来坐看云开合，醉亦何妨花瘦肥。
此地无尘心似水，方塘如镜柳依依。

【评析】

诗写山居适意。首联起写山居环境。颔联承叙农家生活细节。颈联递写闲情醉趣。尾联绾合，情以景结。谓此地没有尘嚣，心静如水，咫尺方塘如照人镜鉴，塘边垂柳与人依依可亲。颔联句法灵活，“醉亦何妨花瘦肥”有新意。

书情

褚水敖

经典攀成骨肉亲，此情永久见殷殷。
万缘易放皆因道，一日难离最是君。
不薄今吟并时唱，亦崇子曰又诗云。
五车满载民生爱，爱到高峰起妙文。

【评析】

诗写热爱人文古典的阅读。首联谓与经典结成永久的骨肉之情。颔联续写一日难舍之情。此联工致，“万缘易放皆因道”有理趣。颈联立意佳而未甚工切。尾联学以致用，关爱民生，有民胞物与的胸怀，自然能兴发起美妙之文。诗题未切，易生歧义，当改。

无题

崔婧介

晴光暗度问苍茫，苦海频填渐觉伤。
不识东风弹旧曲，才依秋雨误新妆。
幽幽梦绪流千里，飐飐诗情叠万张。
向日玉溪替谁诉，未妨惆怅是清狂。

【评析】

诗题《无题》，实乃自述情怀。首联缠绵，作者以精卫暗喻，而合此海为彼海，苦海无涯、时光暗度中渐觉努力徒劳而受伤。颔联兴感，谓谬托知己。颈联纠结，谓梦绪、诗情缠绕不减，叠字联对乃今人诗词常有修辞一格。尾联振作，时光已逝，流水不复，以旷达作结。全诗工整流丽，微伤纤弱。

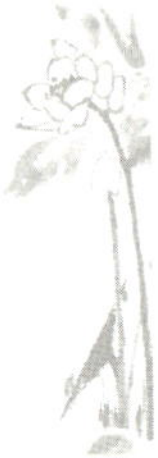

访黄山谢裕大茶叶博物馆

贺镇德

十大名茶皆妙品，黄山独占有三分。
晴时早晚遍浓雾，阴雨成天满厚云。
高聚刀枪龙凤赏，香飘世纪古今欣。
徽商故里传承礼，名震欧洲諸国闻。

【评析】

诗写访黄山茶叶博物馆。以咏黄山茶起入，谓十大名茶中黄山有三。颔联状茶场环境。颈联转写博物馆内设。尾联以传承有法、名闻海外作结。全诗顺畅平整，但细节提炼不够。

冰城暮色

项海杰

黄昏雾冷锁冰城，日渐落西东月升。
寂静寒江封玉带，喧嚣闹市放华灯。
长空鸟去云霞暗，小路人来暮色冥，
一派自然心惬意，吟诗谱曲诉衷情。

【评析】

诗写暮色里的冰城。首联入题，“锁”字工炼。颔联对写寒江和闹市，寒江寂静了，虚写；闹市喧嚣起来，实写。“封”、“放”两字亦工炼。颈联以作者为视点，上句“长空鸟去”写远；下句“小路人来”写近。全诗结体用赋法，故“黄昏”、“云霞暗”、“暮色冥”字面略显意重，尾联收结亦落散泛。

山望

项海杰

山巅送目碧空长，云影追风暗壑阳。
意守足间踱五步，心随视野阔八方。
南怀项羽英雄祖，北念成吉大帝王。
昂首苍穹身欲翅，蓝天万米自由翔。

【评析】

诗写登临故乡山顶所感。首起写纵目远望，蓝天如洗，“云影追风”。颔联承写登临而引发遐想：“意守足间”、“心随视野”。颈联具言所想所感：“南怀项羽英雄祖，北念成吉大帝王。”此联稍显雕琢之痕，“成吉”字面未妥。尾联写天地人一体，思绪抚四海于一瞬，人也想要随着蓝天一起飞翔了。此诗整体格调宏阔健举，不失为一首登临佳作。

纪念辛亥革命百周年

胡方元

辛亥春雷第一声，风云际会武昌城。
千年帝鼎终移位，四处衙垣遍易旗。
唤起工农民作主，提倡国共党联盟。
复兴华族酬宏愿，开创未来锦绣程。

【评析】

诗为纪念辛亥革命一百周年而作。首联讴歌辛亥革命有如春雷第一声。颔联接写结束千年帝业。颈联抽转，盖国共合作系一九二一年后之事。尾联谓继承民族、民主革命遗产，完成复兴中华民族宏愿，开创未来前程。正气凛然，可歌可赞。

咏诗词

项海杰

唐风宋雨润天香，杜甫东坡胜帝王。
百炼格文提玉赋，千调韵律锻金章。
痴吟五岳江山远，梦写乾坤日月长。
把酒豪情吞泰斗，劝君莫笑我轻狂。

【评析】

诗是咏诗诗。首联以“唐风宋雨”起笔，以为由唐风宋雨化育的杜甫、苏轼胜过帝王。颔联承写文学精品的千锤百炼。颈联递写经典将与山岳、日月同不朽。尾联以豪情万丈作结。颔联雕琢，“提”字未切；颈联生动自然。尾联“吞泰斗”未妥。

变脸

岳继弘

心变相随急就功，看家绝技显神通。
拭揉抹画七情露，戴扯吹憋六欲穷。
远古秉持驱猛兽，如今伴唱演心胸。
追寻世上人和事，尽在沧桑正道中。

注：川剧变脸主要分拭、揉、抹、吹、画、戴、憋、扯等八种。

【评析】

诗咏川剧变脸。首联起入，“心变相随”遣语有禅味。颔联承叙变脸此种绝技的八种技法：拭、揉、抹、吹、画、戴、憋、扯。颈联转写变脸的远古起源和现今功用。尾联以感叹世上人事的变迁乃是沧桑正道，以此作结。议论开阖，诗笔简劲。

白鹤梁

张有凯

江滨白鹤早飞天，过客挥毫石作笺。
墨滴礁滩窥逝事，波临浅底舔遗篇。
涪城旧貌琼楼换，水岸芳容玉墅镌。
我涉深宫寻匿迹，诗堆一垒竟依然。

【评析】

“白鹤梁”大约是地名。首联谓过客以石头作纸笺，挥毫作诗。颔联“墨窥逝事”、“波舔遗篇”意象生新。颈联转笔写古城旧貌新颜。尾联出以想象，潜水江底深宫探迹，发现诗石依然垒叠成堆而在。诗旨略散。

游玄武湖

杨金权

翡翠明珠景色佳，波光桨影弄仙槎。
淡云初月浮秋水，瘦柳疏林染暮霞。
六代繁荣归一梦，五洲胜境入千家。
歌台舞榭笙箫起，一曲《梁州》咏物华。

【评析】

首联起得不错，谓玄武湖堪称人间仙境，可“弄仙槎”。颔联绘景虽工，但此景稍泛，特征不强，故颔联承写不紧，笔力松弛。颈联转咏南京今昔，笔势递减，且“繁荣”对“胜境”未切。尾联收得亦泛泛，以《梁州曲》歌咏南京亦南辕北辙矣，“梁州”在今西北、西南。

滇池

王成瑞

滇水而今不复浑，尘埃拂净照佳人。
西山日暮烟霞少，北地鸥来寒暑分。
万盏霓虹催夜色，一池月影冷朱门。
轻歌曼舞清平乐，好在云南妙曼魂。

【评析】

首联起得有思致，有意趣。盖清水虽不单照“佳人”，而佳人临清水自照，乃有姿态，若浑浊岂可临鉴，惟风景大煞而已。颔联以北地鸥来，暗写滇池气候之暖，此联承写亦佳。颈联转写滇池夜景，“一池月影”对“万盏霓虹”尚可，“冷朱门”对“催夜色”则未工，且“冷朱门”辞意亦晦涩。尾联结得缓，“曼”字两出，不妥。

思妻

宋定钿

出差在外多日，晚间天热。于宾馆对着电视，甚觉无趣。留恋家的温馨，思念独守空房的妻子，有感而发。

绵绵夏夜夜如火，银屏解愁愁上愁。
思伊不知归何日，挂念无尽意难收。
无奈生计为所迫，更有凌云志未酬。
搏浪商海成伟业，天伦之乐复何求。

【评析】

此诗意思虽尚好，但整首未能合律，中间两联该对仗而未对仗，尚需打磨。

遣怀

贡哲

抚酒推琴为遣怀，邀分半斗世间才。
三曹响应惊鸿赋，二谢风流戏马台。
国士从无身晋楚，英雄何必目青白。
冬风已洗铅华尽，最是明朝谁与来？

【评析】

此诗自遣怀抱，格意精妍，发调甚高。首联抚着酒杯，推开瑶琴，为的就是遣怀，而谓世间之才，邀欲分其半斗。颔联胪列三曹、二谢亦超人意表。颈联发意谓“国士”不避“楚才晋用”，所谓“英雄”，也不在乎识与不识！尾联亦唱得响，韵度自是不凡。

山村冬景

张光佑

一村嵌在雪原中，物喜人欢入画丛。
坦路摩车鸣笛跑，银墙屋宇倚山重。
大篷菜长疑春末，矮树柑余乐岁中。
室内翁童嬉戏闹，野乡巨变九州同。

【评析】

诗写山村冬景，通过描绘山乡的巨变，折射祖国划时代的变迁。立意不落俗艳。颔联“坦路摩车鸣笛跑，银墙屋宇倚山重”，尚留有斧凿痕；颈联“大篷菜长疑春末，矮树柑余乐岁中”，句法、辞意俱佳。句法灵便是此诗佳处。首句韵脚“中”字与六句重出。

午夜敲诗

孙绍成

不是人勤是性痴，吟安一字费心思。
深更蛩扰疑哀调，浅梦心生似好词。
无奈星移催白发，可期花落入芳池。
悠闲谨颂夕阳好，莫把戌时作卯时。

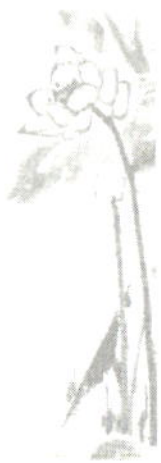

【评析】

诗写对诗歌创作的痴爱。首联总写因性痴，在“吟安”上费心思，下功夫。颔联扣题“午夜敲诗”，以蛩鸣移作哀调，把“浅梦”看似好词。颈联抽转，感慨诗情无限而白发相催。尾联以把握好时间作结。时不我待，勉励自己亦兼警示他人。句法老成，遣词精炼，颔联、颈联尤工致。尾联“谨颂”字面稍硬。

塞外鸿雁

侯良田

起伏山形塞外鸿，衔芦羽翼振苍穹。
寒塘欲下疑矰矢，暮雨相呼宿苇丛。
俯瞰人间皆小辈，倾听天外尽长风。
一年两度衡阳路，都在穿云破雾中。

【评析】

诗咏塞外鸿雁，礼赞其坚韧高迈的品格。首联写塞外鸿雁的生活环境，山形起伏，苍穹高远。颔联承写觅食和眠宿，突出其经验老到。颈联放笔议论，言其心胸眼界。尾联绾合，以寒暑南北迁移，惯于克服重重困难作结。句法工稳，别有寄托。

边地白杨

于进水

狂风礼赞白杨峙，漠海黄沙傲雪霜。
惯看长丘忽坠日，偶裁月魄巧啼妆。
从来寂寞鸿鹄喻，亦不忧愁大雁伤。
列阵千军声势猛，独当一面更激昂。

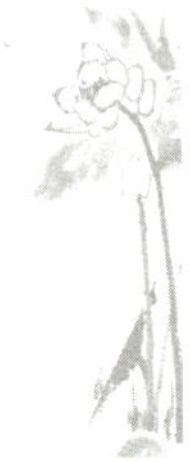

【评析】

诗礼赞白杨的高尚品格和坚强的意志，写树亦是写人。用今语今韵，但词语、句法锤炼不够。词语方面如颈联以“从来”对“亦不”，不妥；颔联下句“裁”字，亦不妥。句法方面，首句“狂风礼赞白杨峙”、颈联“从来寂寞鸿鹄喻，亦不忧愁大雁伤”，都存在问题。另外，颔联下句“偶裁月魄巧啼妆”，含义亦费解。

九州

杜天明

钓岛南沙久未回，九州生气恃风雷。
雄鸡赳赳红旗展，战舰雄雄白浪推。
接继长城横大海，铸成忠胆照高桅。
同心自古敌心乱，华夏宏图不可摧。

【评析】

此诗以时事入诗，写当下题材。诗作涉及到我国对外诸多方面问题，视野开阔，充满爱国主义激情和民族自信心。惜深入挖掘不够，显得有点概念化。颔联以“雄鸡”对“战舰”以及“雄雄”等，遣词都未稳妥。应作认真打磨修改。

雪城

项海杰

塞外风吹反季来，忽然遍地桂花开。
高楼玉冠争仙气，小巷银装斗鬼才。
雪镀晨车千兔剪，霜涂夜树万蛇裁。
冬寒未必人心冷，只要情真自乐怀。

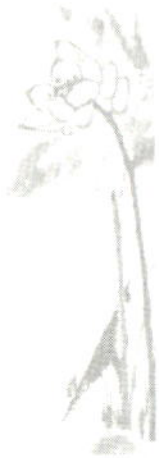

【评析】

首联起得生动，拟雪花如桂花。联仗生动工致，颔联、颈联“高楼玉冠争仙气，小巷银装斗鬼才”、“雪镀晨车千兔剪，霜涂夜树万蛇裁”皆佳。尾联议论提升，景美人更美之意。句律纯熟，通首完浑。

十八大感怀

王锡龈

卧薪尝胆费筹谋，国力军威冠亚洲。
神九天宫真绝对，蛟龙东海更无俦。
巨人崛起和寰宇，鼠辈何堪窥鼎瓯。
关注民生为要务，倡廉反腐第一筹。

【评析】

作品以政治生活中的大事为题，体现与时俱进的责任感。熔裁时事之语入诗，格律工整。不足之处是形象与细节不够。如何能做到学古而不腐，叙今而不俗，是今日诗坛要解决的问题。

中秋节中

刘国坚

千盆鲜果八方祭，今夜荷花水映灯。
祈望天光开普渡，躬迎月色慰先灵。
人心执着迷诸相，龙影飞来敬法声。
几炷檀烟何解脱，静安晚磬作风铃。

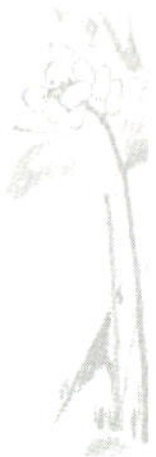

【评析】

诗写中秋佳节祭奠先灵及其感悟。首联切中秋民俗，鲜果祭奠和以放河灯荐拔孤魂。颔联承写家祭，情怀亦难能而不限于一家一姓，祈望开出普渡众生的慧光。颈联感发，“龙影”即“先灵”。尾联推排，谓迷信“几炷檀烟”也是“人心执迷诸相”之一，意义当大于形式，磬音可作风铃听。诗富禅慧，诗题未切。

父亡欲回故乡祝寿不能

柳成栋

为寿家严年复年，苏城今已不能还。
无边风雪迷归路，百里乡关阻九泉。
魂断梦遥情未了，天寒酒冷泪初干。
忍看佳节将来到，寄片雪花当纸钱。

【评析】

起二句叙题，“年复年”起到“不能还”，今昔对比，开门见山。颔联点染，放笔直下，虽以“归路”对“九泉”未甚贴切，但直以笔势胜。颈联句法如前，笔无余情。尾联以雪花为纸钱作结，语浅而情深，足可感人。

盼春

王金庚

春姑不晓眠何处，衰草清明未吐芳。
细叶丝绦唯你剪，嫩芽敛嘴等侬黄。
北风惹柳思春色，白雪依枝怨冷霜。
夜雨敲窗惊梦起，开门始见雁成行。

【评析】

此诗只尾联一处可圈点，余皆乏善可陈。盖诗题《盼春》，首联“春姑”云云起得笨重板滞，接下颔、颈两联“细叶丝绦唯你剪，嫩芽敛嘴等侬黄”、“北风惹柳思春色，白雪依枝怨冷霜”云云，仍复板滞趁凑。

杜甫吟

蔡述金

谁道衰微百事休？命途多舛未成愁。
负持汤火民生恤，奔奏幽穷国是谋。
风雨情怀怀隐悯，河山志略略嗟忧。
深沉韵致凌云笔，一脉唐风万古流。

【评析】

诗为诗圣杜甫造像，笔力不弱。首联起调发唱，从家、国两方落笔。接下颔、颈两联“负持汤火民生恤，奔奏幽穷国是谋”、“风雨情怀怀隐悯，河山志略略嗟忧”，句法、意蕴都好，契合老杜。尾联结以“一脉唐风万古流”，意稍平。

卖菜翁

张平山

才栖雨地避寒风，又见南门卖菜翁。
足颤头白双手裂，衣湿伞破两鞋松。
七旬二子留孙去，五更一人运菜匆。
走巷穿街愁价贱，思家返路恨囊空。

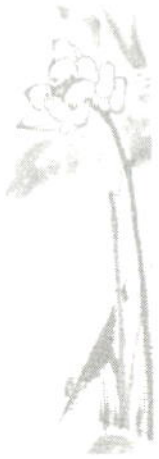

【评析】

此诗可入当代“新乐府”。歌行手法起入。“栖”字面未妥。颔联“足颤头白双手裂，衣湿伞破两鞋松”从头到脚，由内及外，摹画真切。颈联未工稳，“七旬二子留孙去”意有未通。尾联结以代言抒情，亦深挚。

酬友人邀游泊山

乐玉珍

我本钻书一蓼虫，凭君一语到山中。
野草无人随意绿，山花有意为我红。
北陂高处携觞饮，松荫底下话肠衷。
欲向此处开三径，朝露夕英泊山东。

【评析】

诗为酬答友人邀游而作。首联叙题，谓自家本是一介辛苦读书的书生，因为友人的真诚邀请而到山中游玩。颔联意佳，但可惜与上句失粘（从全诗看，当不是“拗格”），影响到全篇格律。颈联写友情。尾联结得清明爽净，胸次顿开，谓欲仿古贤三径归隐，在这泊山之左，朝饮坠露，夕餐落英，岂不快哉！此诗格律虽稍欠，但我手写我口，表现当代刻苦攻读的寒士之生活，不妨将它与陈师道《春怀示邻里》一诗对读。

忆旧

王九大

莺鸣柳暗小寒催，微步流光幻影来。
香鬟飞云花少露，远山照水雾新开。
踪迷玉佩原因醉，味辨胡麻不可猜。
去后梦中常有意，痴情屡寄到瑶台。

【评析】

诗题“忆旧”，如写梦境，亦真亦幻。首联交代时节，凌波微步，已非一般。接下颔联“香鬟飞云花少露，远山照水雾新开”，虚笔绘其态；颈联“踪迷玉佩原因醉，味辨胡麻不可猜”，侧笔状过程。此等艳诗有似李商隐《无题》香奁艳制。

山乡秋日

孙绍成

雁字匆忙云絮闲，山乡八月少安眠。
寒仓棒黍金镏顶，暖窖鸭梨玉掩椽。
红瑙颗颗摇树绿，紫珠串串下藤玄。
陶缸已备千盅酿，待到飘香共贺年。

【评析】

诗题“山乡秋日”，实写丰收乐。首联以雁字匆忙兴起，谓山乡八月少安眠。接下颔、颈两联就具体回答了为什么“少安眠”。两联联仗工稳生动。尾联承顺颈联之采摘葡萄，谓新酿飘香以备共贺新年。此诗格调明快，富有生活气息。

酬倚风听雁见赠

陈俊明

把剑停杯望晚空，此心仍觉憾无穷。
梦回南岭三千里，醉踏巫山十二峰。
几度夜来风雨后，一年春在雪霜中。
他朝若得腾云去，要上凌霄第九重。

【评析】

此诗是酬答之作，借雁抒怀，志存高远。句律成熟，起承转合，四联俱稳，惟“醉踏巫山十二峰”云云和尾联“他朝若得腾云去，要上凌霄第九重”云云，或欲强调气概而不免筋骨过露。

前门大碗茶

邢 涛

老店辉煌喜气盈，新芽绽翠奉高朋。
含灯大鼓同堂曲，绕顶双坛变脸功。
逗唱说学金口技，旦生净丑玉镯情。
雅俗共赏展奇艺，文武俊杰颂复兴。

【评析】

首联点题，茶是新茶，店乃老店。颔联、颈联接叙各种曲艺。尾联“文武俊杰”云云意泛。诗句平熟。用韵也有毛病：“盈”，庚韵；“朋”，蒸韵；“功”，东韵；“情”，庚韵；“兴”，蒸韵。即使用新韵，朋、功与情、兴也不合韵。

说曹操

赵键

战火纷纷汉祚危，曹公振臂挟天威。
千军横扫幽燕靖，万里长驱众望归。
纵论英雄须煮酒，高歌烈士借吟龟。
当年不肯江山坐，留与后人说是非。

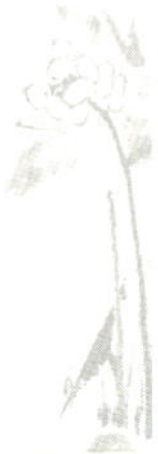

【评析】

首联入题，汉末时势造英雄，曹公趁势而起者。中间颔、颈联四句，概括其武功和文业，联仗亦自可相敌。尾联绾合，“当年不肯江山坐，留与后人说是非”，以议论收束，有不如当年称帝之意。诗法成熟，唯“幽燕靖”对“众望归”略显笔弱。

七律

徐胜利

儿时最喜春和夏，人到中年始爱秋。
豆蔻花间蝶影乱，梧桐树上鸟声稠。
轻寒恻恻难潇洒，烈日炎炎不自由。
只有秋来风景好，丰收硕果满枝头。

【评析】

诗写中年喜爱秋季的心情。首联“儿时最喜春和夏，人到中年始爱秋”入题，颔联“豆蔻花间蝶影乱，梧桐树上鸟声稠”状秋景；颈联转写春、夏之不便处。尾联结以爱秋的原因：丰收硕果满枝头。惜其立意未能再翻上一层。

漫兴

黄爱华

中宵雨骤伴无眠，回首平生思渺然。
事务分身难尽意，诗书遣兴可颐年。
挥毫每在黄昏后，行步常依绿水前。
漫看古今名利客，荣枯得失总如烟。

【评析】

诗写雨夜静思。颔联“事务分身难尽意，诗书遣兴可颐年”属对取广义。颈联写日常闲暇付以挥毫、散步。结句“漫看古今名利客，荣枯得失总如烟”云云，似绝决顿悟而意犹平熟常谈。诗说“颐年”，五十知天命，六十耳顺矣。

读《红楼梦》

徐方强

红楼遗梦情义绵，凄词婉曲代代传。
外墙将倾委地易，内囊已空补天难。
咯血绛珠焚诗稿，失魂公子披猩毡。
苦海无涯回头岸，老来英雄尽信禅？

【评析】

首联起入义偏，盖《红楼》中“凄词婉曲”乃次要、辅助成分。颔联接写大厦倾覆的内外之因。颈联递写男女主人公黛玉、宝玉的最后结局。尾联推宕，以疑问作结。

攀

王锡嘏

绝顶方知天地宽，始嗟失落是偷闲。
随波逐浪千里易，顶水撑篙一步艰。
孤雁逆风追大鸟，蹇驴踏雪走天山。
男儿莫洒穷途泪，无尽崎岖不懈攀。

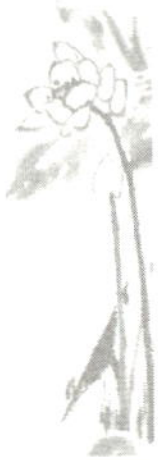

【评析】

诗写励志，善对逆境。首联起笔缓入，颔联还是议论。颈联“孤雁逆风追大鸟，蹇驴踏雪走天山”，委曲有致，方有诗味。尾联扣到诗题《攀》上，还是“硬语”。诗味稍嫌薄。

秋游红螺山资福寺

昌莲

却望红螺古寺遥，峰危崱屴倚云霄。
霜天松籁年无改，红叶秋霞岁不凋。
淑野依稀红日落，村庄隐约白云飘。
未逢僧话心惆怅，流水有声作路标。

【评析】

诗写秋游红螺山资福寺所见所感。首联从遥望古寺起笔，峰高入云。颔联承写近景，联对精工。颈联转写山上远眺，暗喻此地出尘之远。尾联结亦沉着有法，谓来此不与高僧大德接谈，实在是遗憾，复以流水为路标，虚实相生，余韵不尽。

秋日写意

昌莲

山菊未开莲已枯，鸟啼花落木樨香。
松关秋色留悲客，陌路夕阳话故乡。
万古长空云浩渺，一朝风月水苍茫。
欲知旅雁南飞意，请看红枫顶上霜。

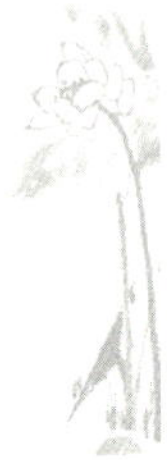

【评析】

诗写北方仲秋景象。首联“山菊未开莲已枯，鸟啼花落木樨香”入题，正仲秋时节。中间颔、颈两联四句，都用概括之笔，重在写意：颔联写此时令下之悲秋人事，颈联摹时间坐标下之阔大自然；而颈联更似泼墨写生，有佳致。尾联结得亦巧。唯首句“枯”乃平声，却不押韵，当改。

拜谒邓恩铭塑像

覃建能

壮志豪情感慨多，南湖计议挽危波。
奔驰齐鲁宣马列，唤醒工农斩敌魔。
烈士精神昭日月，英雄肝胆壮山河。
亮丽广场添塑像，樟江激荡大风歌。

【评析】

诗写拜谒邓恩铭塑像所感。首联由其生平事迹落笔。他是中共一大会议的组织参与者，会议得以在嘉兴南湖顺利安全召开，有赖于他的计议谋划。颔联承写其在山东等地的活动。颈联“烈士精神昭日月，英雄肝胆壮山河”议论生发，尾联结处谓烈士精神与时代精神汇合，将推动社会发展。

感壬辰端午

崔婧介

端阳惊绿晚，若许问天歌。
雨弄岚千树，花收月半坡。
素身终可老，青眼讵为多。
解粽逍遥叹，投诗动汨罗。

【评析】

诗写端午感怀。追念屈原，诗中有我，且叹且歌。颔联工致，兴中兼比。颈联接转得好，谓知赏者不必多，守节终老可也，此意是一篇重心所在。尾联以写自家诗情作结，心志高介。诗律严整，开阖有法，情致清介通脱。

补牙

白云瑞

空城门落竟何惶？司马徒然为尔伤。
闲处最知守瓶术，笑时总见透风墙。
亡羊今日牢当补，孺子他年牛可降。
无耻之徒无我份，从今再不灌陈汤。

【评析】

诗为徘体，寓庄于谐。首联起入，颔联状貌有谐趣；颈联提转议论而生发。尾联谐音双关，不作“无齿”之徒，不再食流质，此表层意也；而无耻之徒为达目的，总是以陈汤老酒来灌其行骗对象的。诗善以小见大，乃诗中“卮言”也。

万里投荒

戴大海

万里投荒落魄人，半生浮世倍伤神。
风雨莺花都错过，江湖雁梦亦沉沦。
品泉纵爱烟霞侣，乞食何参定慧心？
百年老病谁长在？笑我飘飘未死身。

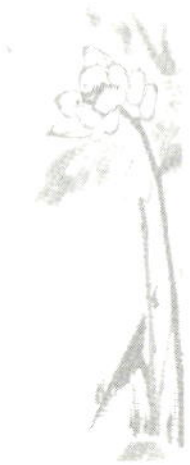

【评析】

诗写达观之生命态度。首联入题，半世落魄，回首伤神。颔、颈联概括人生和情感经历，可惜也都错过缘分或前提条件未能满足。尾联以达观语作结。人生百年老病乃是宿命，人间万里投荒，无乃都是逆旅过客。

春雷

戴大海

嫩柳妖桃湖亦平，堤边柔草向谁生？
懒寻竹雀听歌韵，贪看芦鸥戏水情。
款款风流携旧侣，潇潇云雨洒新城。
清欢未觉忽霹雳，惊是春雷第一声。

【评析】

此诗以逆挽法开篇，先铺排湖边嫩柳妖桃、堤边柔草和平静的湖面。颔联接叙空中鸣雀和戏水鸥鸟，造语精工尖新。颈联上句当递叙颔联的下一句，鸥鸟携伴戏水；颈联下一句修饰上一句，谓正当此时一场遍洒新城的新雨飘落。尾联最后才扣诗题，尾联上句仍绾合颈联的下一句。此诗章法布局，打破起承转合套数，各联单线首尾递进，颇见心思，句法立意因之奇特。

讲话

尚振东

《讲话》重读思绪飞，中华大事几多回。
皇皇文化庶民泪，卷卷史书帝王碑。
指路明灯兴『二为』，清新时雨壮红梅。
春秋七十百花艳，盛世艺坛起风雷。

【评析】

首联读来就给人以震撼,不同凡响！二联的“皇皇文化”、“卷卷史书”包含了多少的“庶民泪”、“帝王碑”。七十年来,“讲话”精神成为艺苑的指路明灯。结句昂扬向上,气势万千。三联对仗欠工稳。精彩在前一、二联。

秋寄

武建东

独题枫叶惜残红，相望白云浮碧空。
有信还须问归雁，无情未必寄秋风。
已寒天气侵衣透，得意黄花着色浓。
暂把愁心借明月，共随流水去匆匆。

【评析】

诗写暮秋怀远。首联叙题，以独题枫叶、白云相望兴起，其时尚在仲秋。颔联承写怀远之意，用笔深厚。颈联转写暮秋时节菊花盛放，暗寓人之失落情怀。尾联结以旷达语。此诗清丽圆润，章法有度。

无题

武建东

有心面对却添愁，辛苦当年万事休。
此去不曾圆旧梦，归来何故醉新秋。
明朝但把诗风扫，今日先将古韵求。
或许时人不知我，几将登上最高楼。

【评析】

七律《无题》诗格创自李商隐，此诗因之，亦写香奁艳情。诗未可甚解，前四句概言失欢，后四句集写发愿。颈联有自悔意，因欲改诗风，今便从求合古韵做起。尾联貌似顾盼自雄，实则低回不已。

冬江静野

项海杰

伫望长堤旷野寒，冬江素带起苍原。
清流雪锁明无迹，碧水冰封暗有澜。
地阔千山飘玉雾，天高万镇罩琼烟。
心惊寂籁欲魂碎，犬吠声闻断续传。

【评析】

首联入题，长堤伫望，旷野寒寂，冰封的江水如一条白练蜿蜒在苍原之上。颔联承写冬江江面和冰层之下的暗澜。颈联转写周遭烟雾朦胧笼罩着的连绵山丘和散落的村镇。尾联谓心惊魂碎之际，忽然远处断续传来犬吠声。以动写静，戛然而止。诗笔老成。

迷雪

项海杰

痴迷景色日流连，不怕荒原凛冽寒。
自向苍山迎旭雾，独行暮径送夕烟。
高云玉泻白穹宇，阔野银封暗地天。
最美狂风吹塞北，琼纱万丈漫无边。

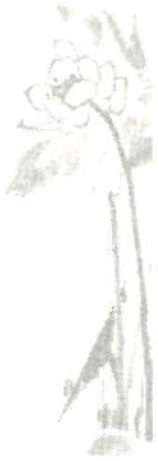

【评析】

诗题《迷雪》，即迷恋雪之意。首联入题。颔联“自向苍山迎旭雾，独行暮径送夕烟”，承写痴迷的行止。颈联“高云玉泻白穹宇，阔野银封暗地天”，转写铺天盖地的大雪。尾联以狂风吹雪，琼纱万丈作结，意象雄奇旷远。熟题出新，而诗中并能有“我”。

雪地

项海杰

风吹雪地景绝哉，玉子翩翩舞阔台。
影动无形千态美，魂牵有意万情乖。
忽然怒面东楼去，片刻欢颜北巷来。
数九冰城春色暖，迷人胜过百花开。

【评析】

诗写风吹雪地之景，题材角度较新颖。首联起得好，将风中之雪比拟为在“阔台”上翩翩起舞的仙子，写景状物，有声有色。尾联结以春色暖在冰魂，意亦新。然颔联“千态美”对“万情乖”、颈联“忽然”对“片刻”，语义不妥当；用这些来形容雪态，更是莫名其妙，更不妥当。

寄兴

孙绍成

雨落春回暖气升，堪钦南雁藐长征。
情生案上无言纸，夜亮心中一盏灯。
自缚难舒偏作茧，随弯可就不为藤。
耆年薄力虽些许，付与乡坛助韵兴。

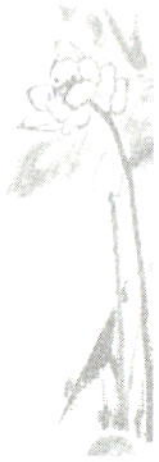

【评析】

诗首联以春回大地，南雁北飞起兴，颔联“情生案上无言纸，夜亮心中一盏灯”，联仗工巧，语浅意深。颈联递写自己的人生态度，谓虽难免作茧自缚，但绝不阿顺苟合，攀援依附。尾联以耆年薄力，乡坛助兴作结，出语深挚。

山中行随想

田野风

青山屐齿踏云开，春意随携向日来。
幽径每通银汉渡，新晴尽泻雨花台。
风中天籁堪充耳，岭外溪光渐入怀。
梦里浮华留梦里，此情独对笑尘埃。

【评析】

此诗写春日山中游览所见所感。首联“青山屐齿踏云开，春意随携向日来”起笔不俗，心情之放旷随之而出。接下颔联、颈联四句寓情于景，极写出尘之喜。尾联笔力稍弱，“此情独对笑尘埃”云云，反觉狭促。

忧思

沈棪悦

独立孤月下，人影两徘徊。
堂深苔痕错，窗虚水影开。
远望重云去，低吟几人来？
夜深眠不复，庭上断鸿哀。

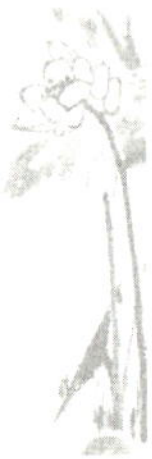

【评析】

诗写月夜忧思。颈联“远望重云去，低吟几人来”，颇为工致浑成。颔联“堂深苔痕错，窗虚水影开”亦足见锻炼工夫，上句之“错”和下句中的“水影”，都颇能状摹月光高低投洒之明、暗和动、静效果。诗的意境有似阮籍的《咏怀诗》。

和惠良先生韵兼怀友

赵 键

一任春风逐逝波，执缰信马看山河。
光阴荏苒青丝少，岁月蹉跎白眼多。
消忍前尘流俗重，寄怀高古利锋磨。
晴窗坐对吟诗句，幸有幽香柳外过。

【评析】

诗酬和怀友。颈联“消忍前尘流俗重，寄怀高古利锋磨”，自我砥砺，思致和遣语较佳。首句“一任春风逐逝波”与三句“光阴荏苒”意微犯重复。结句“柳外过”辞意晦涩。

看秦腔《杜甫》

董念学

应试仕途多舛运，十年滞守企京官。
谏诤遭贬流离徙，漫卷诗书诉苦寒。
世上庶黎吞血泪，乾坤父老惨人寰。
为民伤感呼天地，请命忧国乃圣贤。

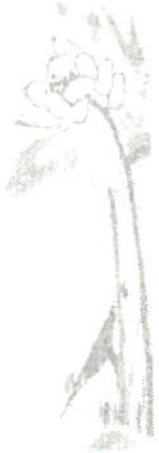

【评析】

诗写看秦腔《杜甫》的观感。诗多用概括写法，也有其写得成功之处。但中间两联“谏诤遭贬流离徙，漫卷诗书诉苦寒”、“世上庶黎吞血泪，乾坤父老惨人寰”，皆未属对。作为律诗，这是不可原谅的失误，应该修改，使此诗真成为“律诗”。他如“企京官”等，句法亦未通融。

蝴蝶兰

王晓萍

许无雕饰韵参差，背影纤君可是诗？
细品身形了无媚，侧观另面别般痴。
随吾豪放真情个，任尔疏狂肆意之。
潇洒不羁杯酒状，优柔怕处逆光时。

【评析】

诗状蝴蝶兰，大致能合其品性。咏物写人合而为一，笔触亦中规中矩。惟律诗所要求之联对，颔联“细品身形了无媚，侧观另面别般痴”、颈联“随吾豪放真情个，任尔疏狂肆意之”都未能符合。

参观荆江分洪北闸

李义生

沙湖自古陷深渊，运幄分洪创史前。
岸柳千株频起伏，运畴一线辨江天。
南流虎渡黄涛滚，北闸龙飞白絮翩。
万顷良田无水患，荆堤八百尽丰年。

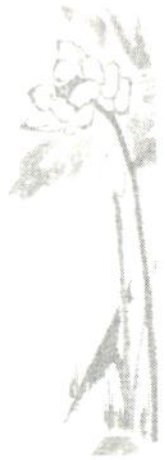

【评析】

此诗立意好，而佳处仅在尾联。中间两联“岸柳千株频起伏，运畴一线辨江天”、“南流虎渡黄涛滚，北闸龙飞白絮翩”，都失对。颈联以“虎渡”状黄涛急流，以“龙飞”喻闸门快速升起，亦未稳妥。句法亦有生硬处，如“创史前”。

中秋夜感怀

刘龙

今宵望月绪无边，物有乾坤自等闲。
缺憾盈亏循道法，悲欢离聚度华年。
千秋神话来天阙，万古人情在世间。
莫叹文明传后代，团圆最是九州欢。

【评析】

诗写中秋夜感怀。首联入题，接下颔、颈两联四句，都分从乾坤神话与人情离合两方面落笔。相比而言，颈联更工致。尾联以“团圆最是九州欢”作结。“有”、“莫叹”字面未稳妥。

失伴的燕子

侯良田

双飞故里恨荒郊，身伏亡魂别泪抛。
今日送君归故土，明朝教我守空巢。
几番回首萦门巷，一点相思哽树梢。
又到翩跹曾舞处，西风萧瑟起秋茅。

【评析】

此诗以拟人手法写燕子的痴情。首联入题。颔联“今日送君归故土，明朝教我守空巢”，或受元好问《摸鱼儿》（恨人间情是何物）笔触的影响和启发。颈联“几番回首萦门巷，一点相思哽树梢”，写孤燕徘徊不肯离去。尾联谓自春徂秋，孤燕又飞到他们曾经双飞过的地方，而这回南迁形只影单。

参加『诗词中国』传统诗词创作大赛感言

邢　涛

文坛会友聚群英，挚语良言侧耳听。
惟愿成章歌正道，岂求拗字索浮名。
神州稔岁千帆竞，盛世丰年万事兴。
沧海一滴长润墨，披肝沥胆赞清平。

【评析】

此诗写参加诗词大赛的感受。首联叙题：文友相聚，交流心得。颔联承写参赛愿望：好诗之成，在于歌颂人间正道，不为个人浮名。颈联递写神州大地喜逢盛世。尾联收束，谓自己虽微介如沧海中的一滴水，但会为清平大业毫不犹豫奉献上忠心和诗篇。此诗也还有可修改处：颈联“稔岁”与“丰年”意重；“沧海”此处非取“沧海扬尘”之旧意；颔联“索”可改为“近”；全诗末句的“赞”可改为“为”。

青云志

韩俊杰

天高心气爽，叶落知秋凉。
夕照池边树，霞染漫天光。
淡看繁华落，秋色亦非常。
老骥仍伏枥，不输少年狂。

【评析】

诗未甚切其题《青云志》。诗前四句主要绘景，颈联略言喜秋态度，诗写到这里还没有入题、叙题。且这两联皆未工稳。尾联结语伏枥老骥，不输少年狂云云，亦未扣合《青云志》。

秋望

李义生

蔼蔼湖光一雨秋，江天寥廓尽平畴。
积云蔽日隆隆静，野渡横舟滚滚流。
遍地黄花黄艳艳，沿河绿竹绿油油。
新晴欲滴西风劲，绕郭烟岚绕树鸠。

【评析】

此篇诗境未浑融。章法层次欠明晰，如首联既言“一雨秋”，颔联复又云“积云蔽日”。叠字、包括叠字对过多，亦有伤诗骨气格。“静”、“滴”、“劲”等字面皆未稳妥。

过卢沟桥所思

田老泉

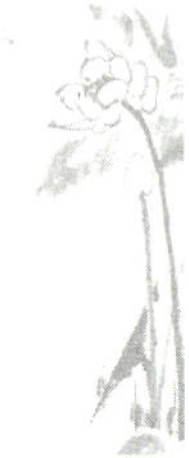

宛平墙上弹洞存，居安思危谋国兴。
西藏达赖搞暴乱，台湾自民布战云。
维和反霸强科技，保疆安土猛厉兵。
东倭蛮横登钓岛，神舟奋起荡螟蛉。

【评析】

此诗首句由宛平墙上弹洞犹存起笔，以政治生活中的大事、时事入诗，涉及国家对内对外诸多方面问题。视野远大，心怀宽广，充满爱国主义激情和民族自信心。惜面涉太广，熔裁时事之语入诗，深入挖掘形象与细节不够，较为概念化。如何能做到学古而不腐，叙今而不俗，仍是今日诗坛要解决的根本问题。

三 古风

伤别

杨 麟

风随竹叶起，离人在荒郊。
相顾两无言，泪作雪花飘。
今夕且辞去，空眼对明朝。
夜冷孤独月，晓幽寂寞箫。
可寄素笺来，心字泛碧涛。
影入暮云处，千里一梦遥。

【评析】

所谓黯然销魂者，唯别而已。此诗正写伤情之别。头十句写别时，末二句写别后。此诗谋篇布局，在自然有序中显出精当严密。造语抒情，亦见功力。五言古风可谓古诗中的“正体”，此诗含律句“夜冷孤独月，晓幽寂寞箫”，亦可谓善学古而变化者。

太白吟

武建东

醉圣诗仙唯独尊，狂歌畅饮笔生春。
千秋豪气融天地，万古骚魂镇鬼神。
靴脱金銮仇力士，墨研龙案恼佳人。
清平三调遭迁谪，蜀道之难从不逡。
放浪行为何所惧，纵情山水但求真。
诗吟险句骤风雨，酒漫清樽衔月轮。
总为诵来将进酒，岂愁散尽雪花银。
仰天大笑终无悔，捉月骑鲸遂陨身。

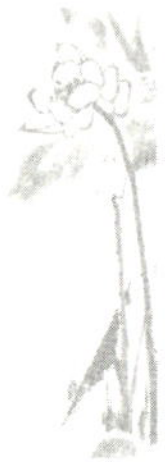

【评析】

诗结合李白生平写其精神气象。诗笔流畅，开阖有法。律句的穿插，如“千秋豪气融天地，万古骚魂镇鬼神”、“靴脱金銮仇力士，墨研龙案恼佳人”、“诗吟险句骤风雨，酒漫清樽衔月轮”，使得古体歌行形式益增豪纵跌宕之感。末句收束，“遂殒身”过于坐实。

饮酒

徐立新

门外琴声时断续，屋内酒兴渐阑珊。
酒不醉人人自醉，只向梦里寻诗仙。
觉来倚床自叹息，窗帘半卷月光寒。
佳人应也起彷徨，和衣上楼倚栏杆。
京华此去无多路，凭托青鸟为探看。

【评析】

诗写相思感怀。头四句一层，写独酌自醉。接下四句一层，写醒后遥想思念。末二句一层，凭托青鸟代为探看。诗学古有得处，在设想对方“应也起彷徨，和衣上楼倚栏杆”，以宾位出之。锤炼不足，个别用语尽搬成句，未能化用。

相思

武建东

潮水最可信，
朝朝无误期。
思君若潮水，
夜夜涌相思。

【评析】

这首简短而精炼的五言绝句，以潮水为“双重喻体”，从而“朝朝”与“夜夜”诗内成“互文”。诗的思路与遣词用语明显地有模仿古人之处，但全篇构思精巧，语短情长，可谓善学古而能出新者。

木兰诗

马泽方

边庭男儿当自羞，却教女郎斩敌酋。
铁衣征甲归何处，惟有巾帼传千秋。
烈血染得红装艳，誓将丹心报九州。
谁言女子非英物，精卫长鸣海西头。

【评析】

诗吟咏木兰从军事。首四句从与男子对比中落笔，颂赞木兰女中豪杰，民族楷模，千秋传颂。接下二句，谓丹心报国，烈血染装，更增添木兰巾帼之美。结句精警，生发开去，个别到一般，谓女子刚烈之魂早有渊源。新意微嫌不足。

惜光阴

徐英成

人生短暂似蜉蝣，日月穿梭水东流。
常梳常理怜玄鬓，不知不觉到白头。
回首一世空余恨，屈指十年自可愁。
即便朝夕功专业，又能登上几层楼？

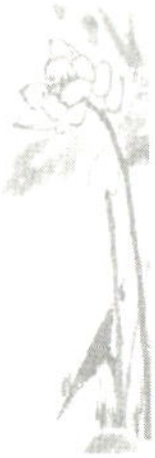

【评析】

诗题《惜光阴》，实写对光阴的感悟。首二句一层，谓人生短暂。接下二句从黑发变白头，具写光阴的流逝。接下二句用对句，“一世”余恨盖因“十年”之蹉跎。结二句意转，退一步想，即便珍惜时光，朝夕用功，所谓造诣、建树又怎样呢？诗写出了某种心态，但理、趣两方面都挖掘未深，生发不足。首句“蜉蝣”之喻，未为稳妥。“功”当为“攻”。

望秋

祝园园

情系万里外，痴等十五载。
荷似当年红，轻舟已不在。
每时倚栏望，白云空徘徊。
炎夏盼秋月，雁字何时来？

【评析】

诗题《望秋》，实写盼望秋天的来信。首二句言时空之隔，万里情系，痴等十五年。接二句抚今追昔，“红荷”虽未妥，但有自况意味。接二句言当下的等待和期盼。结二句谓由夏经秋，望穿秋水，会否有音信寄至？诗味稍薄。

杉

王乃友

强手如林不畏难，心无旁骛抢争先。
宁折不弯存浩气，自强赢来一片天。

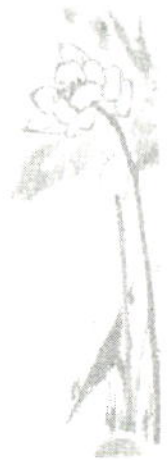

【评析】

此首非古风体式。以杉在林中，隐喻人间“强手如林”，咏物寄意，物我合一，“不畏难”、“抢争先”、“宁折不弯”、“自强”，皆人格特征。立意还算得体。但三、四两句不合平仄，应调整、修改。

宴送内兄返沪

周新发

樽酒隔山月，亲戚少来往。
各执手中事，精修自家房。
虽然有电话，毕竟不经常。
但有急难处，开口却何妨。
此心有安处，何必恋家乡。
今日偶相会，忽尔觉沧桑。
倾尽三杯酒，亲情融肝肠。
别离寻常见，何以露忧伤。
人事总缺憾，明日便渺茫。

【评析】

诗写为内兄饯别所感。前八句一层，写出一种姻亲间的生活状态；接下“此心有安处”至“亲情融肝肠”六句为一层，写常年离开家乡，偶尔相会，顿生沧桑之感，酒入肝肠，亲情融融。最后四句为一层，写惜别之情，后会之期不定。此诗情真意浓，娓娓道来，有似谈心。学杜甫《赠卫八处士》笔法而赋予时代感，颇为难得。结二句“人事总缺憾，明日便渺茫”道出人生惯常无奈的真相，情思虽略沉郁，意蕴顿然加深。

嫦娥恋

许文榜

久坐蟾宫怨，思乡寂寞吟。
偷灵难返里，折桂不来人。
寄语飞船客，传书后羿君。
人间真美好，我自驾云临。

【评析】

诗写嫦娥思归。构思新巧，别出心裁。以“飞船”语汇入诗,意新词亦新。二、三句“偷灵难返里，折桂不来人”写当年，“人间真美好，我自驾云临”言当下；人间美好，由嫦娥思欲回归人间，寓今昔之别。

春游安吉

刘国坚

春三行车早，满街红不扫。
新雾沿路破，细雨随风到。
徙程舍千竹，飧园驿百草。
昨忆如绵流，江源共横棹。

【评析】

诗写晚春游览安吉。首二句入题写暮春驱车早行，满街的落红无人打扫。三四句承写沿街早行所见所感。车子穿行在新起的薄雾中，“破”字下笔生动，细雨也随晨风而至。诗笔温润流转，赋景叙事，颇有章法。

别

邓崇绪

一别一挥手，云遮月半边。
再挥一手别，泪雨已潸然。
说好并肩行，临行又影单。
凭窗依靠处，热手抚肩寒。
欲枕温馨月，雨云浮满天。
风驰山远后，思念君如前。
只盼月明时，君身如约还。
此乘客座去，谨道一声安。

【评析】

诗写离别之情。每四句一层。开篇言离别情状，一挥手时“云遮月半边”，强忍泪水；再挥手时“泪雨已潸然”。接下用逆挽法补叙而继之以白描：列车开动前，一方“热手”抚另一方“寒肩”，难舍与关怀，尽在不言中。接下一层四句时空融合过去和当下，最后一层四句时空融合现在和未来。末句“谨道一声安”，更寓无限系念和祝福。此诗叙事与刻画心理兼具，层转层进，有张有弛。情真意切，感人至深。句法亦有生新创意处，如“风驰山远后，思念君如前”、“此乘客座去”。“月”的意象先后两见，而比兴之意不常，此微瑕耳。

童诗博物馆赞

杨春茂

百年名校百年景，岁月如歌鉴诗心。
童情童趣童心纯，咏善咏美咏理真。
家事国事天下事，风声雨声读书声。
梦想化作锦绣句，校园尽是吟诵人。
风随歌远畅胸怀，云为诗留焕精神。
情从肺腑韵律来，自有后学追艾青。

【评析】

全篇十二句，有五句连用叠字不避重复，可谓“古风”中之“别体”。诗多概括，大而化之，如“梦想化作锦绣句，校园尽是吟诵人”、“风随歌远畅胸怀，云为诗留焕精神”，故韵味不足。尾句出韵。“鉴诗心”、“焕精神”字面未稳妥。

军垦赞

杨春茂

西域谁说荒无边，东来劲旅逐狼烟。
屯垦戈壁布阡陌，戍边国境筑雄关。
衰草秋随荒原去，红花春伴绿洲还。
铸剑为犁稻菽香，强疆固土天下安。

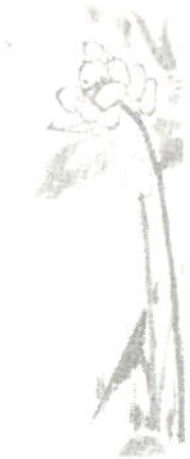

【评析】

本诗赞军垦伟业。评析者读之，颇有亲近之感，因为四十多年前本人就当过一年半的军垦战士，有与作者相近的一些感觉与体会。这位作者写出了新时代屯边军垦之艰辛与决心，功业与意义。情调高迈，然句法有生硬处，如“屯垦戈壁布阡陌”；亦多四—三句式，缺少变化。

奋斗

林其广

一生多美梦，坎坷探成功。
廿载寒窗苦，五洲孤旅穷。
离乡途万里，过海浪千重。
夜静乡思切，亲遐归意浓。
严寒风刺骨，酷暑日当空。
攀顶咬牙上，攻关昂首冲。
上山能打虎，下海敢擒龙。
功满东方亮，梦圆旭日红。

【评析】

诗写海外创业。前八句为圆梦探路，侧重写奋斗之苦，格调坚忍缠绵；后八句重点写奋斗之乐，功满梦圆，豪情万丈。诗用新韵。“离乡途万里，过海浪千重”等联仗亦可观。

清明感思

孙绍成

每至清明忆丙辰，长街花海记犹新。
亦忧亦愤文诛鬼，非故非亲泪染巾。
爱洒全民无己子，财营一国未私银。
山河寻遍君何在？唯见村头指酒人。

【评析】

诗写清明节感怀，抚今追昔，追怀周恩来总理风范。“丙辰”指公历一九七六年。诗首联言当年长安街上悼念、送行的人们胸前佩戴的小白花成了一片花海。颔联续写当年民心所向；颈联落笔总理，赞其爱民无私。尾联感发，寓讽今之意。此诗为平起七言律诗，不当放在“古风”组诗下。

赠泰山卖书翁

曹东仁

古巷热风翻书乱，老翁举棋沉吟中。
负手冷摊眉高耸，好书惊见荡笑容。
他言三块我两块，书价不抵一斤葱。
老人落棋颔首笑，慨然宝剑赠英雄。
不好读书钱万贯，好书之人多贫穷。
闻听此言肠内热，此翁不啻黄石公。
再买五本不讲价，无非酒壶几日空。
归途检书忽惆怅，今晚枕旁有飓风。

【评析】

诗写给因买书而结识的卖书老人。老人一边摆摊卖书，一边与人弈棋。作者淘到好书，并因老人“不好读书钱万贯，好书之人多贫穷”一番话而感动“肠热”，一口气不讲价买下五本书。回家路上翻着书，忽然心生惆怅，因为感到今晚上免不了要遭妻子的责骂了。诗中情感起伏有致，有意外见到好书的惊喜，有淘到好书的快乐，有听到卖书老人知音之言后的感动，当然也还有惆怅（为什么拿买酒钱买书，还要受到妻子的责怪呢）。诗中对卖书老人着墨不多，仅状其“举棋沉吟”、“举棋颔首”，而形象跃然纸上。叙事生动，有生活气息。

美丽中国赋

高峰

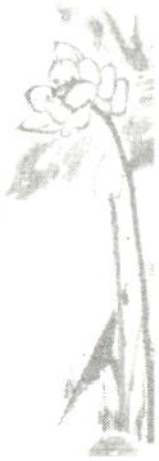

君不见绝世画卷在神州，昆仑长城挂天边尽奇秀。
君不见最美诗词在华夏，黄河长江书千山醉春秋。
观沧海涯无际，北上燕山镇国地。
赏清风白云天，南下金陵帝王州。
生逢盛世舞一曲，与君同吟将进酒。
君不见八方共圆中国梦，今朝清平气象显风流。

【评析】

七言古风往往首句加“君不见”三字作为“冒头”。此诗篇幅较短而“君不见”凡三见（首末者仅各后接二句），可谓“别体”。“观沧海涯无际，北上燕山镇国地”转韵，亦仅两句。此诗泼墨写意，状绘“美丽中国”，而兼自然与人文，略无铺排腾挪，稍显概念、狭促。

万紫千红映彩屏

齐保民

波澜壮阔咏人生，万紫千红映彩屏。
婉约豪情抒壮丽，心真意切感文朋。
诗词中国春风暖，燕舞莺歌骏马腾。
移动鼠标知众意，轻轻一点放光明。

【评析】

诗咏“诗词中国”手机大赛事，立意于佳作叠现，精彩纷呈，有如万紫千红开于彩屏。然诗未能契合诗题《万紫千红映彩屏》，多缓句趁凑，如“婉约豪情抒壮丽”、“移动鼠标知众意”。

过公冶长墓

丁加华

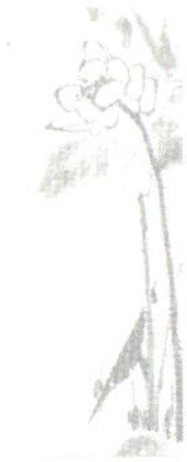

今日家乡过古坟，树巢累累草森森。
贤才名列二十位，品德兼优鸟语真。
灵魂转运盛唐宋，明清冷落尊圣人。
荒凉无祭风光过，诸多传说百姓闻。

【评析】

诗写过墓凭吊，感慨历史人物公冶长的历史际遇。生前风光，身后寂寞，抚今追昔，立意尚好。但句子缺乏锤炼，全篇句法、字面颇有生硬之处，如“鸟语真”、“灵魂转运盛唐宋，明清冷落尊圣人”等。

菱塘曲

吕凡东

村外有菱塘，秋来菱花芳。
采菱常相伴，荡舟每成双。
一朝别离至，凄凄心共伤。
去也终须去，晓送菱塘旁。
牵衣又娇泣，欲语泪汪汪。
异乡花虽好，莫忘菱花香。

【评析】

全篇以男子视点（外出者亦是男子），写青年采菱男女间的纯真情感。首起四句，交代菱塘、菱花和采菱人。接下四句写有情人一朝不得不暂时分别。末四句写清晓菱塘送别场景，娇宛情态加叮咛之语。此诗叙事抒情婉转动人，有南朝民歌风味。

曾经沧海

杨润淳

谁曾年少不轻狂，可上九天下五洋。
而今识尽人间事，却道红尘总无常。
鲜有太白对月影，才多少陵悲鬓霜。
吾侪懵懂未经事，孰能侃然话沧桑。

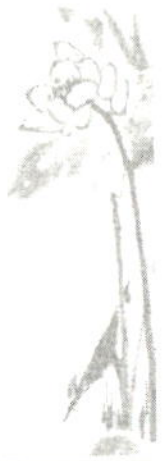

【评析】

遣语工致有佳思，“鲜有太白对月影，才多少陵悲鬓霜”一联，对比中上句与下句构成条件、因果关系，尤为警策。但结末二句又似与“而今识尽人间事，却道红尘总无常”不合。诗旨略显分散。

台湾

侯江伟

台湾日月潭，流水似家还。
同祖惟华夏，亲人各海天。
舰船隔路远，灯火对愁眠。
沧浪几时去，春风两岸间。

【评析】

此首乃平起五言律诗，惟用新韵，不当收在“古风”组诗下。首联以台湾标志性的风景胜地日月潭入题。颔联谓两岸是同宗共祖于华夏的亲人，只为海天所阻隔。颈联递叙相隔之状况，结末二句又对两岸愿景作出设想。

高黎贡山百里大树杜鹃花

杨春茂

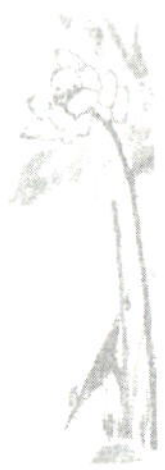

铁杆劲枝托繁花，荒谷野岭出奇葩。
春山子规啼幽径，芳树乱红摇枝丫。
香借东风诱蜂蝶，蕾沐春雨羞云霞。
连根缀株开百里，笑颜灿烂醉万家。

【评析】

诗写大山里树花。首二句点题，深山出奇葩。三四句“春山子规啼幽径，芳树乱红摇枝丫”，从动态和花色着笔。五六句“香借东风诱蜂蝶，蕾沐春雨羞云霞”，写花香和花蕾。结末二句谓百里树花给人间带来欢乐。笔能收放，多层皴染。

二〇〇九年冬找原铝制品厂下岗工人吕师傅修水壶有感

曹东仁

铝壶一日烧漏底，妻曰可修不许扔。
骑车载之市场去，人道老吕手艺精。
剪切打磨看似易，难度不亚人整形。
铁锤击砧声声脆，犹如清泉石上鸣。
木锤敲打也精妙，伐木丁丁语流莺。
修完双手扣壶听，恰似击缶夜三更。
我把铝壶举头顶，欢呼破壶获新生。

【评析】

诗写修壶所感。通过一把烧漏底的铝制水壶，经吕师傅修理而“重获新生”，歌颂了吕师傅手艺的精湛，反映出时代的变迁。口语入诗，叙事描写颇流畅，能得“古风体”神理。如“铁锤击砧声声脆，犹如清泉石上鸣。木锤敲打也精妙，伐木丁丁语流莺”等。诗写大时代日常生活中琐事，能以小见大，全篇结体用赋法，诗旨须结合诗题来理解，故此诗亦能得汉乐府之“感时而发，缘事而作”。

西江月 为老将军贺寿

谢继祥

策马冲锋陷阵，驱车破雾穿云。输油管线建奇勋。一路高歌猛进。
最爱观球听戏，还迷上网将军。心宽百岁也天真。更待东风喜讯。

【评析】

词为老将军祝寿，概括其生平经历与志趣。上片写其战争年代的冲锋陷阵和建国后在石油战线的贡献；下片写其老年生活不同于一般退休人员的独特之处，“心宽百岁也天真”是作者对这位老将军最恰切的赞美。此词虽是寿词，但无应酬之语、客套之话。

虞美人

闪　晖

秋声吹落黄花雨。更染离亭绪。清弦起处欲相思。却把霜痕弹碎、不知时。

璃灯幻作朦胧月。照尽关山雪。玉心冰澈付征鸿。一曲秦筝歌罢、望长空。

【评析】

此词写离别相思。上片写长亭送别。首二句交代时令和环境。秋雨黄花，别绪难堪。接下两句写清弦弹一曲，不诉相思，只欲把时间凝滞。下片写别后相思之情。过片“璃灯幻作朦胧月”二句，转写夜境。灯光朦胧，幻作月光，应照尽关山之雪。暗示此别经年，归期无凭，离人冬天亦无回。惟“璃灯”乃作者生造之辞，此句不妨改作“琉璃灯幻朦胧月”。“玉心”句言守志决心，托付征鸿。结拍一曲相思歌罢，怅望长空，仍为相思所苦。此词词心深挚，词境优美，风格疏朗淡雅，秋声、筝声、心声，浑成一体。洵为佳构，今人不让古人。

临江仙

白张

细雨阳台花不似，鸡声啼过年光。青春禁得几回忙。落槐依旧是，清梦去年长。

往日已然今又再，许多滋味微茫。我心温热我心凉。有时真落寞，扮作少年狂。

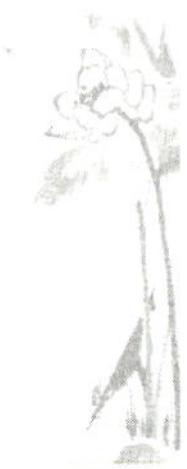

【评析】

词写闲愁。上片感叹年光易老，青春不再。“落槐依旧是，清梦去年长”句化用典故无痕。下片感慨道心虽生而难以固守，不免逢场而作戏。过片言过去所经历，滋味多已模糊。“我心温热我心凉”一句与陈仁先“此心难冷更难温”有同工之妙。结拍出以疏荡之笔。

南乡子　悼闻一多

高明

梦里似南冠。杨柳依依绿草寒。漫漫黄尘掩血泪，可叹。魂魄何时返故园。
离黍痛难言。骚雅遗音万古传。死水无风春雨荡，微澜。卧看南湖倚曲栏。

【评析】

此词悼念闻一多先生。上片托之梦境，为先生之死而悲叹。和声“可叹”当都用平声字。下片概括其立言不朽之业。过片言其对上古《诗经》等的古典研究，“死水”句涵盖其新诗成就，并暗喻祖国已焕然新貌。结处自然得体，余味不尽。词情意真挚，视界开阔，化用古今事典、语典，总体尚属稳妥。

鹧鸪天 打工谣

杜天明

城里新鲜总不暇，一分掰做两分花。
泥浆地铺新凉夜，白眼油条大碗茶。
怕生病，盼回家。尘烟热汗任涂鸦。
经年隐忍如砖卧，慢数高楼算落差。

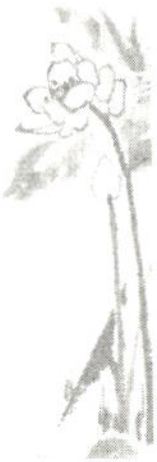

【评析】

此词是打工生活的实录。上片写生活状态。首二句谓城里虽新鲜但总无奈无钱又无暇。接下“泥浆”二句具体描绘生活状态，整个联对属意义上的“广义对”，遣词甚生动传神，“泥浆”对“白眼”也堪称绝对。下片写打工心态。过片承上启下，由“状态”而“心态”，“怕生病，盼回家”真真切切，字字有力！“尘烟”句续写工作样貌。结拍乃点睛之笔，谓整年像砖头一样隐忍安卧，同时也慢慢地算一下又有多少高楼经自己之手建起来了。“落差”一词内涵丰富，可有多重阐释空间。

长相思　读余光中乡愁诗

李如国

长江流，闽江流。年少曾经四海游。

如今又一秋。

在里头，在外头。忽忆高堂恨不休。

乡心万点愁。

【评析】

词写乡愁。此乡愁系由读余光中先生《乡愁》一诗所触发。上片言常年四海为家。下片抒发乡愁，亦隐括余光中诗意。作品立意还不错，但留下了明显的模仿古人与今人的痕迹（化用了别人的语句，如“长江流，闽江流”、“在里头，在外头”等）。这在填词的历史上虽是允许的，但其实可以作一定的改动，把语句都换成自己的，这样此词就会好多了。

齐天乐 江城颂

易炜

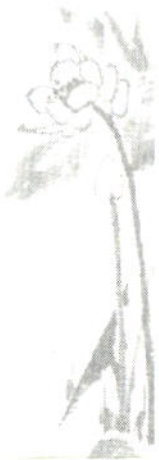

白云黄鹤情相伴，归飞更携莺燕。历历晴川，茫茫九派，芳草萋萋无限。郢都璀璨。继唐汉风流，楚才星焕。显圣龟蛇，物华天宝尽先占。

登临浩歌唱遍。网连轻轨织，光谷波瀚。沌口车流，钢花四溅，一展宏图画卷。纶巾羽扇，似公瑾当年，笑谈云散。崛起中峰，少年操胜算。

【评析】

此词歌颂古城新貌，从词中“白云黄鹤”及“历历晴川”、“芳草凄凄”等语来看，歌颂的显然是江城武汉。上片写其历史人文，下片颂当代建设成就。结处谓“崛起中峰，少年操胜算”，以人才代出作结，有新意和战略眼光。化用古今成句而不露圭角，裁用新词而能浑然无迹。

蝶恋花　滨江遣怀

徐家勇

莫道书生空白首。几度风霜，依旧豪情有。识得青山杨与柳。常邀好友江滨走。

不赶时髦称老朽。得句高歌，淡泊生涯守。文载千秋香味久。浮云转眼成苍狗。

【评析】

词写江边遣怀。上片写书生豪情，下片言文章事业，通体议论，打破常格，而居然浑成，写得大有气象操守。上片“莫道书生空白首”三句，为天下读书人张目。接谓识得青山杨柳，常走江滨，足见与自然、与人之和谐心态。过片“不赶时髦称老朽”有谐趣。“得句高歌，淡泊生涯守”则见自我肯定和淡定。结拍二句，更可见对士节文章之高度自信。

水调歌头　钱塘江观潮

沈滢

八月钱塘水，天外涌银涛。人间胜景无数，此景最雄豪。隐隐天边一线，忽作千军决战，万马共咆哮。多少侠儿气，尽向此中销。

吴儿勇，涛头立，弄狂潮。心惊目眩，惟见赤帜向人招。挝破祢衡神鼓，不管曹瞒赫怒，一快洗烦嚣。入夜江楼望，皎皎月轮高。

【评析】

词写钱塘观潮。自古咏潮和江河之词家、佳构众矣夥矣，此词可称善学古而融汇有得者。上片写潮来，豪气往迈，一气贯注。下片摹弄潮，纵横驰骤，笔力不减。结拍以入夜静景衬托白日动景，皎月孤轮，意趣高远。

水调歌头 看老照片

秦博文

岁月尘封久，历史在心头。平生多少欢乐，倩影瞬间留。稚嫩童年面孔，老态龙钟身体，梦醒几春秋。幸福时光短，谈笑解忧愁。

天坛壮，颐和靓，叶红绸。归田开阔视野，南北走江丘。汹涌波涛黄海，秀色幽深绿谷，旧照忆馨游。欲览夕阳美，再上一层楼。

【评析】

词写看自家老照片的观感。上片以岁月尘封，记忆承载着生命史议论起笔，写从童年到老态，老照片记录下了平生的欢乐。下片落墨于“旧照忆馨游”，重点写观看游览之照，就事叙情，喜悦之情随笔触流动。结句发愿老有所乐，再上层楼。此词题材新颖，章法上，上下片打通来写。

鹧鸪天 那年秋意

张帆

一介浮身不自由。蹉跎日月又逢秋。卧听屋外三更雨，起看窗前百丈楼。

心致远，意难收。而今发白少年头。几多往事浑如梦，醒后方知不可留。

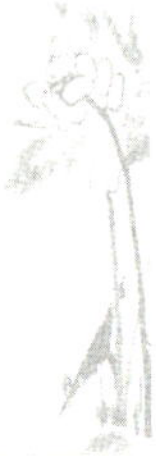

【评析】

词写中年落寞失意之情。上片首二句入题，“卧听屋外三更雨，起看窗前百丈楼”对句分写室内“我”之“小世界”与窗外的“大时代”。下片抒感。过片三句写在对人生理想的坚持中，不觉已经人到中年。结拍谓往事如梦，而梦醒后欲留也难留，倒不如全盘删除归零。抒情主人公是位心意致远、不愿随俗而又无法实现理想的性情中人。词题“那年秋意”和遣语如“百丈楼”，都是学古而见新的地方。

醉花阴

菊

蒋兴国

不与海棠争彩蝶。只待西风烈。天碧映蒹葭，一夜新霜，唯菊花中杰。
东篱把酒香盈彻。叹易安词绝。花瘦斗寒开，却似陶翁，傲世南山节。

【评析】

此词咏菊写人。上片咏菊。首二句横向用笔，在与海棠比较中突出秋菊的品性。接下三句叙写不拒秋霜、最宜新霜的菊花，“唯菊花中杰”语意未通。下片合写人，赞美菊花斗寒而开，高节有似陶渊明。此篇立意尚好，惜出新无多。

清平乐 口占樱花一首寄人

白张

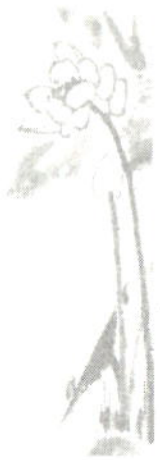

余红几片。雨后何清浅。一树风波欺我伞。一叶许多啼眼。

春衫点点春泥。惜花人已来迟。除却多情似汝，不应憔悴如斯。

【评析】

词咏雨后樱花。上片状雨后樱花之态。“余红”两句，从剩花及其颜色落笔起兴，“一树”句谓风亦趁势来欺，满树波涛，辣手摧花，“伞”者，似伞而坠貌也。此句拟人以樱花之口而自诉，接下“一叶”句承上句，以叶上雨滴暗喻叶之“啼眼”，彰显叶之护花、惋惜之情。这两句构思精巧，意态横生，足见作者词心细密如发。下片抒怀，写惜花之情。过片两句谓“惜花人”冒雨赶来，置春衫上落下点点春泥于不顾，可是仍然来迟！结拍遂顺势而出：“惜花人”感叹道：世上哪有像你这样多情的啊，你不应该如此憔悴啊！此词虽是咏物之作，而实将花与人糅合一处，具有浓郁的抒情氛围和效果。章法层次井然，格调和婉蕴藉，语言轻灵，以口占出之，运化无迹，诚是作手。

浪淘沙

闪晖

风雨卷花柔。月下人幽。独箫难解个中愁。卷意红尘终咽苦，苦在心头。

落寞几时休。只影清秋。离情别绪怕回眸。黛墨青山空怅远，覆水难收。

【评析】

词写清秋月下怀人。上片追忆，以咏风雨摧花起兴，引出月下幽人的愁思。下片抒怀，表现身不由己的苦恋之情。此词抒情婉转，低回哀怨。若将词上下二片的“独箫难解个中愁。卷意红尘终咽苦，苦在心头”与“离情别绪怕回眸。黛墨青山空怅远，覆水难收”互换，则更合传统上片布景、下片抒情的典型体制，词的意境也更为浑融。

鹧鸪天 盼

杜天明

守着身边电话机。千言万语不生疲。
几番吹冷从心暖，一季相思自雪期。
心戚戚，步迟迟。当初曾笑别人痴。
无端慵懒凭多恙，工地夫君知不知。

【评析】

词写离别相思。抒情主人公是一位在家独守的妇女。上片写她“电话煲”中诉衷情。过片“心戚戚，步迟迟”刻画心理和仪态，结拍才给出“盼”的对象乃是其在工地打工的夫君，原来“一季相思自雪期”，是自家情事。此词语浅情深，和婉流畅，洵为难得。

一剪梅

闪 晖

一阕离愁风拢纱。春痕已远，心若残花。
转头不见故人回，旧恨眉间，弦断琵琶。
梦里露寒泣玉瑕。湿透青莲，月落谁家。
几番惆怅付长空，过尽飞鸿，人在天涯。

【评析】

词写离情别绪。上片言别。首句以离愁薄如风拢轻纱起，引出“故人”离别后的忧愁恨意。下片抒怀。过片“梦里露寒泣玉瑕”三句，写梦里暗泣，醒来泪湿“青莲”之枕（或可理解为以“青莲”喻面颊），而月光依旧，不知还照拂谁家。结处融情入景，以飞鸿过尽，故人还在天涯作结，表达无限眷恋之情。此词情景交融，幽婉深曲，耐人咀嚼。

诉衷情　近中秋而遐思长

郝秀普

中秋将至月将圆。把酒对苍天。清辉万里如水，朗朗碧空间。
穿夜幕，跨平川。越峰峦。共约明日，丹桂婆娑，普照人寰。

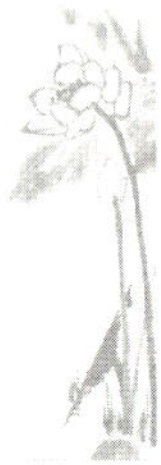

【评析】

词写中秋前夜观月的“遐思”。所谓“遐思”即与月之明日“共约”。而借明日中秋月，普照人寰，来烘托出人在此夜的万里“遐思”，这是此词立意构思的创意处。词的语言流畅，意境开拓略感不足。

鹧鸪天 『达维』预警解除即兴

赵 键

碍月层云压顶悬。『达维』预警叩心弦。
早惊睡意难偏枕，未卜吉凶唯祷天。
鸡晓唱，雨他迁。额头轻拭庆安然。
蝉鸣依旧芸窗外，一缕清风拂梦闲。

【评析】

词写获知台风预警解除后的心情。场景心情描摹真切，情景交炼，如下片用清晨雨他迁、破晓鸡唱、蝉鸣窗外、清风拂梦，来烘托自己心灵的“平安”感。“早惊睡意难偏枕，未卜吉凶唯祷天”当用对句。此词选材虽新而惜立意不高。

捣练子

陈连根

青石埠，白云桥。风送樯帆百丈高。
身侧千帆都过尽，此心化雨雨潇潇。

【评析】

词写千帆过尽的观感。起拍以石埠白桥起兴，交代视点。接写远景，阵马风樯百丈高，动人心魄。结拍二句就景抒情，所感慨者未明说，留给读者体会。“此心化雨雨潇潇”，语意有未通处。

南乡子　别梦痴

胡光祥

江北早霜寒。鸿雁双双又返园。独忆濛洲幽事缱，番番。梦里乘肩燕柳间。

牵手短亭边。雨后云霞恍昨天。枕枕相思长别泪，斑斑。湘竹窗痕月洗难。

【评析】

词写别后相思。上片写追忆和梦境。首二句以秋雁双双南飞起兴。“独忆”一句句法未妥。接下写梦境，“乘肩”字面亦未妥。下片追忆抒情兼写。结拍谓欲倩明月为洗窗上竹痕，却又拂之不去，摇漾偏来，此情终无可安排。语言锤炼不足，若“恍昨天”“枕枕相思”云云，几不成句。

捣练子　想家

胡庆斌

秋夜雨，敲心房。千缕情丝欲断肠。
风卷纱窗飞絮舞，务工在外梦家乡。

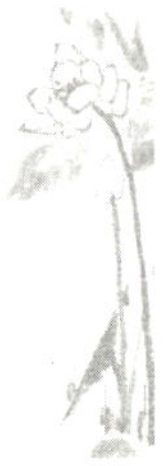

【评析】

词写在外务工的秋雨之夜起念家之思。然而语词未浑融，而且有的自然现象的描写有不合情理之处，比如，既然天空降“秋雨”，不当再飘濛濛“飞絮”矣。篇中也颇有未合平仄处，如“敲心房”。

一剪梅　三潭行

秦学锋

迤逦青峰雾雨稠。江上轻舟，岸上层楼。
枇杷乡里任君游。水正幽幽，情正悠悠。
十里琳琅满眼收。水口村头，古树枝虬。
将军埠里唱无休。歌罢神州，节盼中秋。

【评析】

词写游览三潭的所见所感。上片写景，以浓雾细雨中的连绵青山兴起，轻舟泛览，两岸风景尽收眼底。下片抒怀。民富物阜，歌颂祖国，期盼佳节。传统布局，层次清晰。结拍“歌罢神州，节盼中秋”，笔能纵深。

鹧鸪天

付华强

江水朝东几日休？推波后浪自悠悠。
清魂已在连天海，云梦何生望月楼。
风细细，语柔柔。眼前春景尽情收。
偶来消息言时短，让我沉思让我愁。

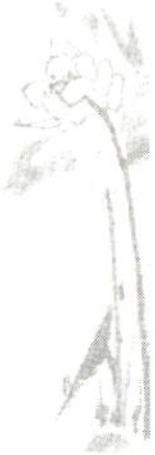

【评析】

词写登临怀人。上片写江水，寓情于景。江水东流无休，在于后浪推动前波；江水入海，前波之魂也已汇连于海天，化作云朵萦绕望江之楼。登临所见，视点逆回。下片抒情。风语细柔，春景尽收，明丽可爱。而由景及人，沉思忧愁皆因伊人短消息。结句第一个“让”改作“令”或更佳。

浣溪沙 暮秋过丽娃河

邱扶东

瑟瑟波光荡睡莲。垂杨夹岸绿阑珊。
偶鸣鸟雀语辛酸。
雁字难来都市里。鱼书应寄水云间。
丽虹桥上怯霜寒。

【评析】

词写暮秋时节经过丽娃河所感。上片写丽娃河像摇荡在寒瑟波光中的睡莲，而夹岸之垂柳也绿意阑珊，鸟语偶闻也倍感辛酸。下片抒感，音书不达，人影孤单。情景交炼，音调凄婉。

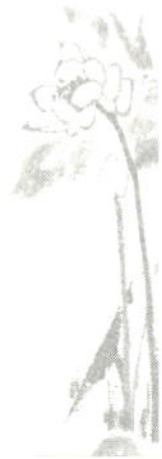

小重山 生辰有作

高明祥

二十余年一梦阑。东风谁与送、暮天寒。天涯望断恨连烟。风霜剑，铜镜不堪看。

也拟酒中欢。曲终人散尽、醉时眠。魂销清泪欲还瞒。年依旧，谁语劝加餐？

【评析】

词写生日感怀。上片谓人生如梦初醒，而生命历程中雪中送炭少，多经风刀霜剑逼，实在不堪揽镜自照。下片写虽醉里偷欢，而终无知音友朋。情致郁勃，格调略显衰飒，与二十好年华不侔矣。

临江仙 晚秋

张帆

不觉秋寒叹落日，可怜一地飞花。同君肝胆醉流霞。清清城外水，漫漫野边沙。

过雁声声肠断也，别情仗剑天涯。赋诗无愧好年华。长歌横笛去，音渺入胡笳。

【评析】

词写别情。上片写景追忆。同君肝胆，相知相期。下片抒感，虚笔“过雁”启下，虽别离而仗剑天涯，豪情诗情不减，无愧年华。结笔健朗，横笛长歌，不怕没有知音。

忆江南　纽西兰纪游

史明迅

风光好，归梦忆芳城。沙岸每随人影静，暮天更觉海波平。忽见企鹅行。

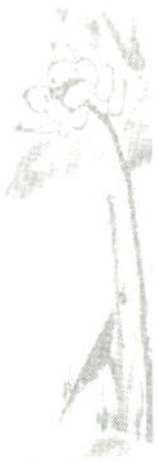

【评析】

词写纪游，用倒叙。“沙岸每随人影静，暮天更觉海波平”两句写人稀海阔，抓住游览之地新西兰的特征。结处“忽见企鹅行”，语意未明，盖企鹅不生活于彼地也。

浣溪沙

张跃霞

居处黄花好隐沦。一篱金粟绝嚣尘。淡妆仙格逸清芬。
妙笔香笺吟健气，风刀霜剑铸精魂。襟怀到处是何人？

【评析】

词咏菊花亦写人。上片状花貌，突出其淡妆仙格。下片“妙笔香笺吟健气，风刀霜剑铸精魂”两句，合写人花；结句设问，什么样的人襟怀可及？“居处”之主人呼之欲出。“隐沦”字面或有陷泥淖之嫌。

浣溪沙 秋绪

田盛林

漠漠风烟草树流。闲云天际漫悠悠。
一声归雁几凝眸。
别后江湖余逝水，新来诗酒不关愁。
少年滋味已然秋。

【评析】

词写少年之秋怀，笔触老成。常规布局，上片布景，下片抒情。布景结于凝眸归雁，寓情于景。过片“别后江湖余逝水，新来诗酒不关愁”联对工致，有兴味余韵。全篇结于“少年滋味已然秋”，将古意“而今识尽愁滋味”，“却道天凉好个秋”翻写。“漫悠悠”句法未稳。

虞美人

沈滢

垂杨哪是相思树。怎解离人苦？一枝一叶不关情。自是随风袅娜斗轻盈。
炉烟细细珠帘静。斜日铺花影。碧栏杆外小阳台。却见去年双燕又飞回。

【评析】

词写离愁别绪。上片欲扬先抑，责问垂杨不是相思树，不解离人苦。下片融情于景，过片“炉烟细细珠帘静，斜日铺花影”绘其日常生活闲淡场景。结拍以去年双燕反衬人之落寞、孤单依旧。手法纯熟，学古得似。

八声甘州　琴社雅集余兴

于家慧

渐依依绿柳染清池，浅梦更悠悠。正天澄本色，遥襟甫畅，何惧登楼。去岁心花点点，凋尽伴深秋。收拾琴书了，重放行舟。

湖海空悬明镜，况机心已起，触鹭惊鸥。纵知音稀少，浮世总堪留。想东坡、江声水色，到如今、何事更言愁？鸣弦处，云飞松静，一世风流。

【评析】

词写琴社同仁雅集见闻和所感。上片布景。“依依”、“悠悠”、“点点”皆今人所好修辞。下片抒怀。过片“湖海空悬明镜，况机心已起，触鹭惊鸥”三句深思有致，笔力饱满。接下“纵知音稀少，浮世总堪留”则着笔过实，未能留白。接下“想”字领起议论，谓有东坡这样人物和江水自然，愁便无处安排。只用纵笔，视野识见稍狭。而结以“一世风流”亦可谓大口矣。

满庭芳　野趣

张顺兴

两脉晴峦，一溪清水，步履终止滩头。小桥犹在，梦里可曾游？岸柳轻摇影碎，花喜鹊、佳韵啁啾。人和景，万般融洽，一面解千愁。

闲悠。村落远，炊烟些许，牛畜偎陬。歌舞近，欢娱尽兴绸缪。箫鼓逐云暖昼，趁醉起、低唱波流。登高处，天空地阔，胸壑淌金秋。

【评析】

词写野游之趣。上片写人与景的和谐，动中写静。下片写人与人的和谐，参与到箫鼓歌舞欢娱中来，静中写动。绘景由远及近，成功；叙事由低到高——结拍写野游的最后一个“节目”——登高揽胜，虽达境界阔大之功，但前后意脉断了，故不成功。

西江月　妻

刘克华

信守相夫教子，聊称皓齿明眸。不跟西子比风流。不似效颦貌丑。
万国旗幡院落，一家饮食心头。未曾脂粉玉兰油。哪有闲情怀旧。

【评析】

词写妻子，一个信守儒家之道“相夫教子”、操持家务的传统妇女。概括和对比中用笔，形象尚属鲜明。“万国旗幡”，谓洗晒物，流行语入词，增加了诙谐味。

水调歌头 九寨沟

兰德新

碧海泛波蓝，相映日月山。都言童话世界，飞瀑下高岩。藏家青稞牦牛，红叶黄花白幡，桃园为哪般。远看皑雪壮，近观赤雉欢。

万古画，世遗产，不虚言。风轻云静心淡，双目过百篇。来了九寨露宿，笑看天下奇观，黄石莫需谈。人生修行地，来世化金蝉。

【评析】

词咏赞九寨沟风光。上片写景，“碧海”两句概写，接下来视点高下，远近推移，具体描绘如此“桃园”里的诸般景致。下片抒怀。结句“人生修行地，来世化金蝉”，表现了作者崇尚自然、眷恋林泉的情趣。全词笔调轻快，富于自然美感。

蝶恋花

送别

白张

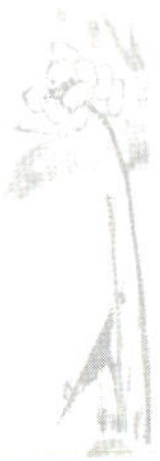

老树扶疏临广陌。不见山川，但见槐花坼。风满酒旗留远客。天清草碧高墙白。

弥望苍茫垂暮色。千里潇湘，去驻何由觅。知己大都如此刻。不分彼此分南北。

【评析】

词写伤离怨别之情。上片写景，以老树槐花，风满酒旗，碧草白墙渲染送别场景和气氛，得情景交融之意。下片抒情，苍茫暮色，潇湘千里，人去路杳，倍增其情绪。结拍以议论作结，实乃自我宽慰，谓知己之别，大都彼此不分，而天限南北。作理性宽解，犹见其内心纠结，收以简驭繁之妙。

相见欢　怨

赵志宇

两行清泪涟涟。落琴弦。一阙怨歌与影对无眠。

碎成片，却还念，恨前缘。又梦那人谁与在花前。

【评析】

词写怨情。声情幽约，怨情绵长；笔触细腻，神态宛然。句法老到，九字句非常流转；过片的三字句，不仅承接上片，且以“却”、“恨”二字转折，亦颇见笔力。

如梦令　迟了

杨玉华

玉树返青微缈，献媚粉桃花好。浓绿奉承时，布谷报春初到。迟了，迟了。一届落花春老。

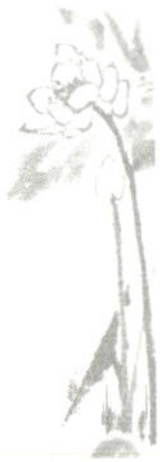

【评析】

词写春色。用拟人手法从早春到暮春，将春之历程有序道来，写景明媚而有趣味。布谷报春来迟，浓绿将成主宰，亦有深层言外之意。而“一届落花春老”句，落笔自然，感慨深挚。伤春之感，亦以自伤耶？写粉桃用“献媚”，是传统意象内蕴。写玉树用“微缈”，切于实际。

临江仙　踏春曲

侯良田

白日踏春溪水处，群芳着胆争荣。野云一霎下天庭。春花来雨重，燕子上天轻。
执酒一卮消块垒，任他柳暗花明。临风独立半山亭。眼前沧海阔，身后大山青。

【评析】

词写踏春感怀。上片写景，群芳争荣，野云浮动，春花得雨，燕子翔天，写出了春天的生机。而“着胆”、“下”、“重”、“轻”等，下字亦见用心。下片抒情，作者于春色中，临风独立，独饮自酌，一任柳暗花明，有其自得者在。结处以眼前海阔和身后山青衬托作者人格之自我期许。此词得词体之正，格调明媚而不失气魄。

蝶恋花　惜别

张儒刚

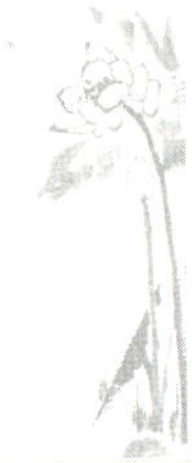

曾几何时花怒放。鬓上青丝，照影多无恙。期待春风长荡漾。心田温暖禾苗壮。

无奈冬云生雾障。海角大涯，唯有空遥望。果是从兹挥手去，他年相见堪相忘？

【评析】

词写惜别之情。上片写相知相得，自相见起，以怒放之花兴起。“禾苗壮”乃暗喻，亦可谓用今之语典。下片写被迫分离，天涯海角，惆怅相望。结拍二句，设想从此果决“了断”，“他年”假如再相见时，也会真的忘记了彼此吗？情致幽婉。

临江仙　秋

张云花

天碧云高浓艳，苍茫暮色烟生。一泓秋水似儿睛。石堤撩旧梦，田野有蛩鸣。

袅袅流岚环绕，怡情恰在心宁。无需多虑为功名。穷身本是客，不过一浮萍。

【评析】

词写对秋景感怀。上片写秋景，视点从天上到地下，以“浓艳”状秋云，很少见。拟秋水为孩童之清澈眼眸，新颖贴切。下片抒发“无需多虑为功名”的感慨。过片“袅袅流岚环绕”承上意脉不断，手法纯熟。结拍“穷身本是客，不过一浮萍”，以达观语作结。“客”者，天地逆旅中的“过客”也。“奔竞之士”正需以此点醒也。

谒金门 追风逐电话双骏

刘国坚

云天乱。除却辔鞍羁挽。此去关山迢递远。但约相与伴。

汉骥锋星续缘，唐骏昭陵形现。欲舞蹄风摩紫燕。比肩逐闪电。

【评析】

词咏双骏。首二句写除去羁挽辔鞍，双骏奔腾，大有云天摩荡之气势。“但约相与伴”，写得既朴素又有情。下片写二骏自是高贵不凡，与古代传说中的神骏大有渊源。“摩紫燕”与“逐闪电”，喻蹄风劲健，而“欲舞蹄风”四字，则堪称神来之笔。摹绘笔力不俗，惜未转出更深情味。

渔家傲 别乡抒怀

黄焕光

一缕云烟横石岭。龙潭野渡芦鸥静。溪岸离歌幽谷应。幽谷应，别时人醉斜阳径。

百姓乡音心里听。千家情谊添千劲。不是雄鹰亦请命。亦请命，凌空我为民安定。

注：离别那坡时，巧遇应邀到那坡县的老领导及老乡友，颇多嘱托，感慨万千，填此词以抒怀。

【评析】

词写别乡感怀。上片写告别，以石岭上云烟缭绕起兴，引出“那坡乡”自然环境的特点。接下谓离别的人走在夕阳照暖的小径，离别的山歌在山谷里回荡。下片抒怀，过片谓百姓的嘱咐和情谊，让我心中平添千劲。结处谓原本不是雄鹰，如今也要做个为民请命、凌空高健的雄鹰！词写当下题材，面向百姓基层感言，提供“正能量”。

采桑子

杨玉华

苍茫苦涩无边海，浪卷霞橙。相送出行。
足印沙滩点点坑。

未知生死离别处，合意鸥鸣。惆怅帆升。
泪眼和风到缆绳。

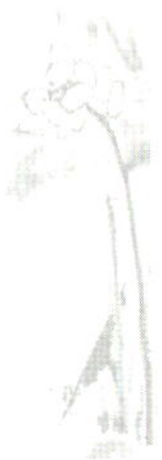

【评析】

此词写别情。上片写海边送行。以远景眺望起笔，苍茫的大海在离别人的眼中已然是无边的苦海，浪涛卷走了橙色的晚霞。“卷”字下得好，橙色是暖色，此句暗指分别之际，略无心绪。接下一句写步履沉重，用虚笔写心情。下片写离别时难舍难分。过片语意沉痛，正在没有主张、“未知生死离别”时，恰好传来鸥鸟的鸣叫声。在无限惆怅中离帆缓缓升起，分别的时刻到了，眼泪和着海风，一起飞到解开船锚的缆绳上。词寓抒情于叙事，移情于物，外物皆著“我”之色彩。结拍深情款曲，胜过古人所谓“情到不堪言处，分付东流”者。

蟾宫曲 村官感悟

侯江伟

纷纷未尽初冬。坠雪寒衣，凛冽风声。染隐郊田，深高陌路，十里相通。
不见枯枝残柳，梨花一片向荣。自北而东，甚似长龙。泽厚村农，我笑融融。

【评析】

词写村官对冬雪感怀。上片写景，大雪覆盖郊田道路，方圆十里相通。下片对景抒怀，所谓瑞雪兆丰年，由眼前雪花而联想到明年的向荣梨花。结拍因瑞雪厚农而绽放笑容。

鹧鸪天　月夜有寄

黎珍敏

散了烟花曲未终。怨歌转绕帐秋风。
如烟往事不堪忆，窗外风言寂寞浓。
心已乱，月朦胧。相逢只恨太匆匆。
婵娟千里君如共，可把相思寄一封。

【评析】

词写月夜思念。上片写追忆往事。“如烟往事不堪忆，窗外风言寂寞浓”诗中可作流水对看，但此处需用对句。两用烟字，一实一虚。下片写月夜思念。结拍二句，从苏词化出，而一气贯下，语直情深。

诉衷情

张云花

圆月，凋叶，三五节，误归舟。云雁字，香桂，锁双眸。无语醉西楼。幽幽。故园千里秋。梦不休。

【评析】

词写外乡游子在月圆之夜对“故园”的想念。语言简洁，气韵生动。此调韵密调促，转折甚多，而从容流走，颇见工夫。但个别字句仍须斟酌，“香桂”是何物，它怎会“锁双眸”？

调笑令　尚湖荷香洲

刘国坚

常熟。常熟。此去尚湖寻菊。酒醇蟹壮鸡肥。日暮茶香艇飞。飞艇。飞艇。欲乘难为蹭蹬。

【评析】

词写游览常熟尚湖。寥寥数句，地点、作为、过程、状态、心情，交代得一丝不乱，足见作者写景状物功力。词就景叙情，结句“欲乘难为蹭蹬”展示不愿就俗的心态。此词格律精严，中间两句对仗，融汇新语汇、新事物，工稳跳脱。格调清雅，“此去尚湖寻菊”句凸显现作者之文人气味。

忆江南

谢清泉

佣工迫，婚后雪初晴。渡口送郎惊古柳，
见人分袂泪泠泠。林鸟也吞声。
船渐远，月上影伶俜。急陟高坡抬眼望，
纵身欲把玉轮登。千里伴郎行。

【评析】

词写新婚妻子送别郎君。上片写冬日渡口送别，以“佣工迫”交代分别的原因，接下来将古柳、林鸟拟人化，谓其见人间的分别而落下清泪，吞声而鸣。“泪泠泠”一句，盖雪后初晴，柳树雪融貌也。下片从妻子角度续写别后不舍。过片写离船渐行渐远，而新月初上，人影只单。接下两句谓急忙登上高坡眺望，更想纵身跃上这轮新月，送郎千里为他伴行。情感深挚，笔触细腻，想象之妙，真能动人。

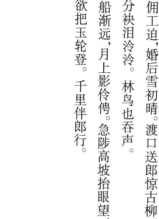

浣溪沙

卫新华

相忘江湖最是难。无端别梦好同眠。
缘来缘去是何缘？
有意重逢霜鬓后，无言相对瘦菊前。
归来总又忆当年。

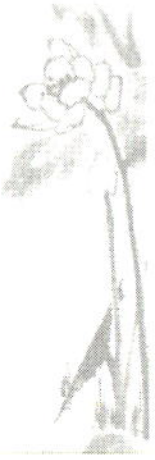

【评析】

词写深秋送别。上片写别前。首句“相忘江湖最是难”以议论起入，盖此别系分手之别也。同眠而做着不同的分别之梦，故而不免要一问：“缘来缘去是何缘？”下片写别后。过片对句“有意重逢霜鬓后，无言相对瘦菊前”，写别时双方复杂心理，互文见意。结拍谓送别回来，思绪不免总又回忆起当年的初识，呼应首句之“相忘江湖最是难”。

人月圆 七夕情人节感怀

刘国坚

碧空每寄相思梦，执手也匆匆。西楼此夕，当窗剪烛，最是情浓。

鹊桥聚散，银河两岸，心老苍穹。年年乞巧，天人有恨，更怕重逢。

【评析】

词写“七夕”感怀。“七夕”原是过去民间传统的“乞巧”节，迩来被赋予了“中国的情人节”内涵。上片写欢会。以碧空时常寄托相思梦起入，“执手匆匆”意谓相聚短暂、不易。“西楼”以下三句，状写欢会。下片抒怀。过片三句，悬想天上的牛郎织女，分居银河两岸，每年仅凭鹊桥相会一次，聚少离多，爱心徒望苍穹而老。结拍谓年年都有的“乞巧”节，天上人间都留有遗恨，也都更怕下一次的重逢吧！人天交并写来，翻出新意。

摊破浣溪沙　村官感悟

侯江伟

漏尽烛燃夜已浓。孤身寒舍自丁零。
执笔成书泪如雨，到天明。
羞煞玉堂袍蟒客，难为吴越贾商行。
植树种菊陶五柳，万年名。

【评析】

词写村官心曲。上片写白天忙完“村务”，夜里寒舍孤灯，执笔写封家书，泪如雨下，不觉东方之既白。下片写磨砺品格，青史留名的心曲。过片言其官阶薪俸低。“玉堂”过去一般指翰林院，以官服蟒图者喻“村官”亦未妥。结处谓要以陶渊明为榜样。按现行体制规划，村官不属国家公务员。此殆“大学生村官”欤？

一剪梅

闪　晖

梅酒何消旧日伤。春花秋月，滴入愁肠。

浮云万里不逍遥，此去无期，风卷斜阳。

醉里孤莺唤雨廊。相逢难寄，曲短更长。

樽中叠影似涟漪，一朝分别，人海茫茫。

【评析】

词写离情别怨。上片写别前。以饮酒作别起兴，谓青梅酒消不了旧时伤，春花秋月都随酒滴入愁肠。奈何此去更相见无期。下片写别后。过片以“孤莺”自喻，谓醉里找寻暂时避雨之所。接谓相逢也难寄出相思曲。结处谓分别之后，人海茫茫，难寻君矣。词情凄婉。

临江仙

闪晖

玉案青灯人无寐，檐外淡月轻纱。思随云去落谁家？风笺入梦，晓夜绽幽花。

凭栏独饮樽中酒，朦朦江畔琵琶。墨吟莺柳诉春华。流连辗转，心韵在天涯。

【评析】

词写月夜思人感怀。上片首二句起入，室内青灯无寐，檐外淡月有似轻纱。随云而去的思念会飘落哪里？就让这首小词进入伊的梦境吧，月光就照在伊绽放出笑容的脸上。下片由室内而屋外，思绪不断。过片谓凭栏独自喝干了杯中酒，远处朦朦的江畔隐隐传来琵琶声诉。接下自伤怀抱，谓此身如柳上鸣莺，墨吟中度过青春年华，而流连辗转，多方寻觅，知音还是远在天涯。词意缠绵，春情绵渺，春愁若纱。

忆秦娥 重阳送三兄父女登舟

李义生

秋风烈。笛声断续荆山月。荆山月。依依絮语，渡津惜别。

友于情重诚如铁。今生几个重阳节？重阳节。烟波千里，楚江辽阔。

【评析】

词写重阳节送别。上片布景下片抒情。依依絮语，则写亲情如见。结处宕开，烟波千里，楚江辽阔，虽是烂熟意境，然亦能与全词送别主题相合。上片“笛声”乃虚笔。此词模仿痕迹稍重。个别语句如“友于情重诚如铁”，句法遣词非词体所宜。

临江仙　为『诗词中国』大赛启动作

肖永义

旗飘大厦伤心丽，座中人物风流。半生天际识归舟。花飞春可驻，梦破月当头。

吟帜高张云易散，齐烟九点龙浮。兴观群怨历千秋。相思各有寄，含笑看吴钩。

【评析】

词为“诗词中国”大赛而作。上片为赛事之作而呼。首二句写大赛启动之场地和组织人物，“伤心丽”遣语尖新。接谓自己活了大半辈子，喜逢盛会来临。“花飞”二句，寓说理于兴象。下片祝愿诗道复兴，赛事圆满。过片谓只要体现中华民族精神的吟帜高张，一切浮云都会散去。兴观群怨的诗道历经千载。结处谓大赛作品一定会精彩纷呈，婉约豪放风格兼具。词从大处落笔，识见不凡。

鹧鸪天　网中情

王九大

万里缠绵网上行。千山不碍笑相迎。
春花都向屏中逸，秋月皆由键上盈。
尤在眼，亦闻声。似逢似聚两难明。
几番喜出离愁外，梦里翻无脸上晴。

【评析】

词写网恋，关注新的社会现象。网络的出现，改变了以往社交中的时空间隔，同时，“视频虚拟社交”也带来新的问题和困惑。词上片写网恋之便捷。过片谓网恋之在真、幻之间，责怪在眼前，也能闻其声。可是，网恋虽似没有离别之愁苦，但梦中还是泄露了“真相”：情动必苦。结得深婉有致。

临江仙 嫩江平原

程杉丹

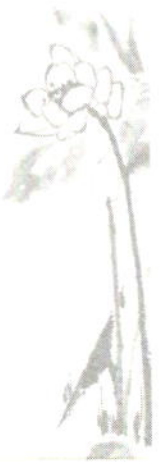

莽莽苍原铺大野，鹰飞草长鱼游。荒无人迹旧时愁。连天泼麦豆，遍地撒羊牛。

昔日雄风今尚在，广求重振良谋。冲天一鹤竞风流。江南同塞北，到此总凝眸。

【评析】

词咏嫩江平原。上片写昔日嫩江平原丰富的物产和优越的自然地理条件。“泼”、“撒”形象富动感。下片写今日重振雄风，且已经有了南北瞩目的新品牌：“冲天一鹤”。

虞美人 醉语

张柏年

夜来惯看楼头月。月下无黄蝶。前台疏影见三秋。后壁降霜成韵作诗因。
光阴荏苒何曾老。总是情难了。连心又醉种相思。梦里吟怀卿意我先知。

【评析】

词写对友醉语，实借酒而自剖心曲。上片言自家安于吟事。下片谓自己深情不老。结拍谓伊我连心，且又醉中种下相思，所以梦里作诗的话，你的意思我也先知道。因稍嫌滑易，此词构思遣语尚属在成败之间者。

浣溪沙　得《唐圭峰禅师碑》拓，喜赋用大成先生端午韵

赵键

碑拓轻开纸泛黄。夜深人影映鸡窗。晓风墨气散余香。

书读等身殊不易，行吟对我老何妨。临池一笑苦中忙。

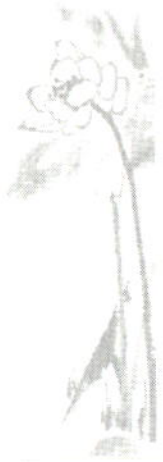

【评析】

词因得大德禅师碑拓而作，实写自家晚来诗书事业，读写生涯。上片写沉醉于墨香，深夜静读所得碑拓的喜悦心情。下片写自己读书、行吟、翰墨三乐并有，忙得不亦乐乎。

满江红　词赋长江

齐保民

滚滚长江，涛拍岸，奔流不歇。前后浪，排山填海，满怀激切。万里滔滔魂与魄，千年冉冉成和裂。看古今、百姓唱英雄，歌忠杰。

叹流水，谁能截？人易老，春伤别。愿加鞭快马，疾鹰飞猎。骋骥奋蹄追日月，银河落地龙腾烈。问神州、谁敢主沉浮？人民决！

【评析】

词赋长江，歌颂人民是历史的主人。上片摛铺长江之千年奔流不歇，谓长江看尽古今兴亡，百姓歌唱英雄和忠杰。下片言历史进程势不可挡，人民是历史的主人。以逝水喻时间，尚在故套；以银河落地拟长江，则见新意。此词大声镗鞳，掷地铿锵。

贺新郎

罗家云

险韵终成赋。问长词、温情几度，三行杂谱。雁志高飞声声唱，丢下枯黄满目。看荣败、凄凉人物。李煜将愁遗附我，彼不知、尘落千年腐。秋叶朽，早寝墓。

多情若比无情苦。又何必、扶窗翘首，拾花重数。不许东风檐下住，说过明晨燕语。却不见、蹒跚迟步。每到绿浓春深处，更缠绵、巢筑祼儿哺。双双入，叫人妒。

【评析】

词旨朦胧。或泛写人生感悟。上下片意象皆跳宕，意脉幽伏。格调清空疏越。章法承转上可见稼轩影响。首句写一结果，紧接一问句，而以“三行杂谱”作答，平常意思，写得汁浆起棱。写燕叫，写败叶，自然转入荣败凄凉。“多情”几句，曲折往复，翻出新意。“不许”几句，为因为果，委婉见情，终究打并成一片寂寥意思，亦甚见功力。

踏莎行 游峨嵋

胡方元

千岩叠翠，万壑飞瀑，秋尽峨嵋见红树。
灵峰秀水集名山，钟声杳杳林深处。
千年古刹，万佛锡驻。游人如缕遍山路。
云海佛光慰客心，大道平常等闲度。

【评析】

词写秋游峨眉山所见所感。上片写所见。以“千岩叠翠，万壑飞瀑”起兴，引出“灵峰秀水集名山”的观感，概括之笔写峨眉之自然。接下“钟声杳杳林深处”过度到人文方面。过片“千年古刹，万佛锡驻。游人如缕遍山路”三句，承上片而意脉不断。结拍置身香客、信徒其外，谓道心即是平常心而已。

定风波 自嘲

张万语

不学风骚学种瓜。自家甘苦自家夸。两耳烦闻窗外事，明智。悠哉冷对后庭花。

五岳寻仙情未了，蛮好。归来提笔漫涂鸦。若把身心付风月，难说。半天云雾半天霞。

【评析】

词写“自嘲”实乃“自傲”。词写出作者的一种生活态度。上片首二句谓自己以不懂《风》《骚》诗篇，愿学种瓜的农人自居，因为这其中的甘苦，都自家得之。“后庭花”语意不明。下片具言生活态度，寻仙学道不错，倚红偎翠也难说。

忆江南

杨 静

水乡近，小巷影悠长。谁纺蚕丝织锦缎，谁家庭院木樨香？摇橹懒梳妆。

【评析】

词撷取小巷倒影、纺蚕织锦和木樨飘香等几个江南水乡特征的画面来刻画，最后定格在懒于梳妆打扮的摇橹女身上。小词有如一帧兴味悠长的风俗快照。

浪淘沙

陈凡章

往事不堪哀。谁解忧怀？无言沙州独徘徊。漫忆阳关不收泪，醉登乡台。

月华照空街。终日谁来？天净秋色扫藓阶。盼得楼殿留孤影，幽思难猜。

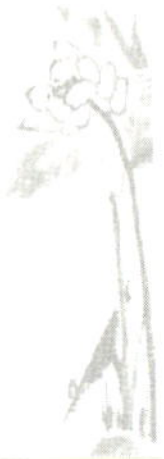

【评析】

上片写独游感旧。以追感往事不堪回首、无人理解的议论起入，引出醉登乡台，追忆起当年阳关送别，不禁泪如雨下。下片写独居难堪。过片“月华照空街，终日谁来”两句，承上启下。结拍似推转，谓“孤影”之幽思难猜。词尚有斧凿之痕迹，下片意脉层次欠明。“不收”字面未妥，“楼殿”辞意未明。

如梦令 翻写郑愁予《错误》

白张

我打江南走过，那朵莲花开落。三月小城寒，锁着一春沉默。归客？归客？我与马蹄皆错。

【评析】

此词翻写现代诗，将现代诗与古代词的风格有机地结合在一起。其中“那朵莲花”的隐喻，我与马蹄的并置，都富于感染力，且能引人思考，使词的意蕴更为深刻而风格又显得现代而轻灵。

浣溪沙　秋眺戏作

朱宝纯

日日楼头纵目长。顶天气概又何妨。拿云心事问秋凉。

林立分明千栋厦，蜗居不过一张床。为谁辛苦为谁忙。

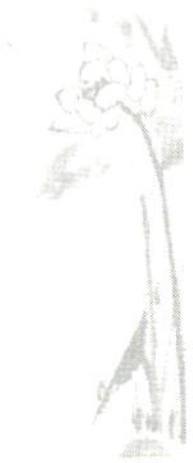

【评析】

词题《秋眺戏作》，实写现代城市生活中的某种感悟。上片言每日里惯从这楼头向那楼头纵目远眺，那么位置高到顶又怎么样呢？凌云的心事或许只有秋凉知道。下片道人生真相，为此感慨。广厦千栋，安眠不过一张六尺床。到头来都是为谁辛苦，又为谁忙碌呢！

西江月 戏赠燕子大妹子

侯良田

泪坠萧娘脸上，愁生桃叶眉头。陈年旧事不曾收，此恨难留身后。

他日空劳积怨，今宵枉自凝眸。灯前若得再绸缪，当记如今时候。

【评析】

词写闺怨，但抒情主人公并非作者，作者亦非代言，而是以作者视角来写的闺怨。上片写“萧娘”泪落愁生，下片写劝导。过片“他日空劳积怨，今宵枉自凝眸”，具体劝导之语。结处谓“灯前若得再绸缪，当记如今时候”，亦以作者角度出之。

十六字令　秋

杨玉华

秋。天当离愁地始休。凄长夜，疏影卧寒楼。

【评析】

悲秋是中国诗词的传统主题。这首小令也写悲秋。首二句总括，后二句择取典型意象：漫漫长夜中，月光透过摇落的秋树，把疏影投卧到寒楼上。人在画面之外。“当”字未稳妥。

菩萨蛮 游金湖荷花荡值微雨

奚晓琳

曲桥亭榭氤氲里。双双燕子花前戏。
玉露叶心凝。香风水面生。
萦魂仙子雾。湿袂青莲雨。一只采菱船。
绿波深处闲。

【评析】

词写微雨中游湖。上片写雨前，写动景。以氤氲里的曲桥亭榭起入，以双燕花前嬉戏、水面风生和露滴向荷叶中心凝聚的动态画面，来渲染微雨欲来。下片写雨中，写静景。过片“萦魂仙子雾，湿袂青莲雨”两句，分别状写雨中之荷和润荷之雨。结拍镜头推远，最后定格在绿波深处闲着的一只采菱小船。此词观察细致入微，笔触细腻传神。

临江仙　夜半思

吕广庶

记得儿时山野地，惯看秋草寒荆。林间鸟鸣伴溪声，和风吹阵阵，微雨洒晶晶。

世事纷繁拥挤处，时而股股膻腥。谁人为伍度平生？夜思长静远，昼盼永冰清。

【评析】

词写夜半静思。上片追忆儿时的山野真趣。下片夜半静思，期盼人世间永远都是冰清玉洁的世界。过片感叹世事纷争。接下感到此生知音难觅。结处以夜思期盼作结。叠字微伤。

一剪梅　赠七月

李　晞

故友西来赠玉词。意切言真，沁我心脾。
词中几欲断人肠，既惹乡愁，更有相思。
窗外云随明月飞。提笔铺笺，摘句难回。
且将心事寄秋晖，放下万般，只待春梅。

【评析】

作者欲写词回赠友人而心事难以明言，索性就改写成给七月阳光的一封情书。词上片言事，写接到友人的赠词后，惹动乡愁和相思。下片言酬答心事。过片“窗外云随明月飞，提笔铺笺，摘句难回”三句，既交代是夜间准备作词修书，又以头句“云随明月飞”意象的自由、明朗，与后二句“提笔铺笺，摘句难回”的窘涩，构成对比，衬托心事之难以明言。词就事叙情，谓不妨将心事寄寓秋光，放下万般，顺其自然，秋去春来，自可定下佳期，结得善缘。

临江仙 黄叶下残阳

侯良田

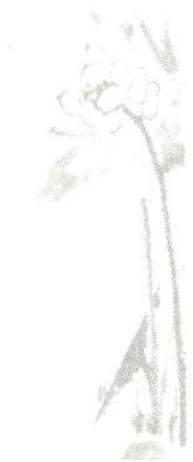

草木凋零秋瑟瑟，孤山无限凄凉。与君对酒醉无妨。莫谈身后事，休忆旧风霜。

老子岂无经世术，扶栏且问山苍。拿云旧梦碎何乡？峰前征雁远，黄叶下残阳。

【评析】

词写坎壈不平之情。上片首句以草木凋零起入，引出对酒无妨，但莫谈身后之事，也不要追忆旧时的风霜。下片写不平之鸣。过片“老子岂无经世术，扶栏且问山苍”出语倔强。接下设问：该让那志向高远的旧梦碎在何乡呢？看吧，残阳西下，黄叶飘零的时节，峰前的征雁已经远去。“碎”、“下”字，都是刻意锻造。结句“黄叶下残阳”作为此词的核心意象，颇有悲壮意味。此词情致郁勃，出语劲直，格调悲慨疏放。

虞美人 牡丹

罗家云

知阴知冷知晴暖。乍到人间看。素衣白冠应是春。轻语柔声试问、有缘人。

稚涩淡雅今犹在，不为风尘改。抵眉长久易生情。欲把相思道尽、女儿心。

【评析】

词咏白牡丹。上片以拟人笔法谓此白牡丹当年来到人间，欲觅有缘人。下片赞其品格依旧，而日久生情，欲作知音人，向其儿女素心把相思之意和盘道出。词咏花亦写人，分寸拿捏尚好。

虞美人

游梓州公园

孙良龙

千秋诗圣游西蜀。辗转梓州苦。牛头山上咏江筏。俯瞰涪流诗人激情发。
塑像伟岸向望远。好似忧民怨。诗画长廊读史诗。广厦万间而今成现实。

【评析】

词写游梓州公园所感。上片概括诗圣杜甫当年漂泊西南、辗转梓州的生活创作。下片通过今昔对比，感叹诗圣当年的理想愿望已实现。过片“塑像伟岸向望远，好似忧民怨”状其塑像，交代其成为“诗圣”的内在原因是“忧民怨”。结拍今昔对比，谓广厦万间如今已经成为现实。

小重山

陈凡章

玉阶藓侵绿苔生。倚壁愁不寐，对灯明。偷付瑶琴鼓瑟声。觅知音，可怜有谁听？
愁心梦难成。和泪唱几许，不胜情。把酒亭台花下行。更思伊，峰青不见城。

【评析】

词写夜思怀远。章法上层次有欠明晰，上片既言“偷付瑶琴鼓瑟声”，下片不当再“和泪唱几许”云云。词模仿、雕琢痕迹较明显。“几许”、“付”、“花下行”等，字面皆未稳妥。

千秋岁 赋新风

张翔

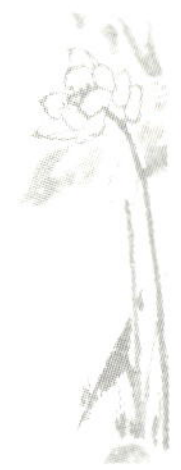

海平天阔。红日东方烁。光合万物清风悦。艳阳冬日暖，和煦心头热。顺民意，和谐盛世从头越。

大众同行路，百姓家中客。新规立，先行做。民怨明心鉴，防腐高压戒。蓄大势，风清气正千帆过。

【评析】

词歌咏新的政治气象。上片写新政新气象，以“海平天阔”、“红日东升”兴起，引出“顺民意，和谐盛世从头越”。下片歌颂英明领导。过片“大众同行路，百姓家中客”写亲民；“新规立，先行做”谓以身作则；“民怨明心鉴，防腐高压戒”谓找准发力点。结拍展望未来，风清气正，河清海晏。

清平乐 灵隐寺

顾道弟

元春拂晓。香客赶来早。甥驾奔驰携姥姥。灵隐烛光高照。

香烟缭绕青峰。千年盛世躬逢。拜过如来菩萨，游山喜沐春风。

【评析】

词写大年初一到灵隐寺上香。上片写大年初一天刚放亮，作为第一批香客，外甥驾驶着奔驰车载着姥姥，就来灵隐寺上香了。下片写游拜之乐。过片“香烟缭绕青峰，千年盛世躬逢”谓灵隐寺遇上了千载盛世，所以香火才如此隆盛，“香烟缭绕青峰”，用侧笔。词题未切。

小桃红

陈凡章

秋江碧色澹澹烟，澄江明如练。岭上孤行飞离雁，楚江天。

空山影去人不见，青峰孤立，雁引哀怨，容我醉时眠。

【评析】

《小桃红》一调，元王恽词作《平湖乐》，张可久《小山乐府》已入曲。此词即有曲味。上片写秋江、孤雁、楚天，下片写空山寂静，青峰孤立，离雁引动哀愁。意象跳宕，画面剪接，意脉幽伏。“江”字凡三见，终落斧凿。

诗词中国

CHINESE POETRY CHINESE DREAM

第三部分

青少年分赛获奖作品选

满江红 拜读叶嘉莹先生、范曾先生《水龙吟》有感

张元昕

千古骚魂，遥渡海，京华曾别。天地会，山头旭日，沧溟皓月。屈子纫兰湘水碧，叶师彩笔丹心切。范公喜，素卷绘灵均，知音结。

空回首，晨烟阔。思往事，凭谁说？但春风秋雨，

【评析】

词系拜读叶嘉莹先生咏屈原的《水龙吟》词和范曾先生词意画有感而作。上片叙事。首三句概叙“叶师”当年海外传播诗道之行止。接下三句谓日月变换，时间如流。接下各句叙咏屈原和作画事，以千古知音作结。下片抒情。过片后抚今追昔，言教书育人中鬓生华发。“不负”二句谓传承师法，弟子长成。结拍以天孙织女自喻，将以胜过云霞的彩锦回报师门。全词意脉清晰，音调和婉。“山”、“沧”字处均当用仄声。个别意象如“春风”、“三春”稍有重复；结拍领字“看”亦重，可改为“待”。

鬓生华发。不负三春桃李育，
欣看九畹滋兰法。看天孙，
彩锦胜云霞，盈仙阙。

【创作心得】

假如天地之间有一种超越时空、让人类心灵不死的生命，那就是诗词。

我是在诗词中成长起来的，从小就有幸学习历朝历代的优秀作品，认识了作品中的古人。虽然我们相距千年，但我依然是他们的学生和知己，因为他们把自己真诚的生命和感情投注到诗词中，传给了后世的读者，使我们受到了感动、产生了共鸣。诗词为我们点亮了无数的明灯，能陶冶性情、升华品格，在不知不觉中使我们超越狭隘的个人得失，产生了对大自然、对社会的关怀。学诗的人是不会孤独、不会抱怨的，因为他有许许多多的诗人老师、诗人朋友引领他走向光明之路，他还有一颗足以容下数千年兴亡悲笑和大自然山河湖海的心灵。

愿所有的人都在诗词中找到这颗真善美的心灵，愿后人继续在诗词中得到生生不已的感动。

浪淘沙

周泽

彩焰映星空。处处霓虹。
一江春水半城风。户外红灯门上画，美意融融。
煦色送残冬。街树蒙蒙。
声声笑语喜相逢。爆竹声中齐纳福，新日初红。

【评析】

词写辞旧迎新。上片写除夕辞旧。首两句描写除夕之夜焰火映照星空，霓虹灯闪烁照亮不夜城。“一江”句宕开一笔，从远处写起，谓绕城春江也送来了春风。“户外”二句，由远及近，就景叙情，谓家家户户门上挂着红灯笼，透出节日的喜气。下片写初一一早拜年纳福。过片“煦色送残冬，街树蒙蒙”，还用实笔而意脉不断。“声声”句谓人们相逢拜年说着各种祝福吉祥的话。结拍两句谓伴随着新一年初升的旭日，在爆竹声中人们一起嘉纳百福。小词就景叙情，有声有色，节奏喜庆明快。

【创作心得】

或许是缘自某一天，一个不经意，在陈木书架的大部头中，觅着点儿纯粹古朴的气息。眼见泛黄的信笺上，站满了棵棵水葱样通透的字迹，婉约清丽，使人不觉忆起了普罗旺斯的熏风。自此，我便与诗词互识了。十八韵、十三辙，如钟鼓锤鏊般清脆入耳。她，有铿锵口吻。四声沉浮，平仄交错，压下、微顿、疾行抑或偶尔的飞白溅墨间，藉胡肥钟瘦描摹满腔爱恨情仇。

而今彩焰流火，白雪映旧联。韶华虽逝但见庭燎晢晢，新雪年夜融融暖意在心头，遥望明河影下，星稀数点，纵有烦恼千万，何不笑对当空？

吟曹操

张驰彤

倚天出鞘气冲天，
戎马岁月奋挥鞭。
奸佞之论随风去，
英雄沧海留遗篇。

【评析】

诗咏历史人物曹操。首句状曹操的英雄气概，二句谓其一生戎马。三句认为曹氏奸佞的说法站不住脚，无人理睬。末句赞其能武能文，留有《观沧海》等不朽诗篇。诗立意尚好，但未能合律。诗题《吟曹操》可改《咏曹操》。

【创作心得】

我结缘诗词源于热爱历史。通过历史，不同领域、学科刺激着我创作的灵感技巧。多元的知识面和多量的积累有助任何创作。

创作先是非刻意为之，发挥自由方展现真我。其次，诗词是情感的表达而非宣泄，知性与思考是必要的，否则文字会难以驾驭。把握、享受思考的过程，或追问事物的规律本质，或钻研琢磨众人作品的优劣。创作是人与作品的共同修行。对于青少年，内涵情感的产生固然重要，关键还是“兴致而起写作而终”的思考过程。

最后心态淡然。即不必对偏见微词争辩，诗词永远是内心的无价之宝。碰见瓶颈也不必浮躁。时间的洗礼，人生的积累感悟会让我们愈发成熟。

江城子　忆旧游

张琳彬

飞花细雨过清明，晓寒轻，忆娉婷。淡云依旧，脉脉遣离情。回首当年同学事，还若梦，似前生。

书城一路笑欢声，共书评，惜惺惺。细攀绿柳，曾记许功成。高步云衢如意日，重执手，赴鹏程。

【评析】

词写追忆旧游。上片写景，以清明时节飞花细雨兴起，引出同窗分别之事。下片抒情，折柳作别，共相祝福。结处谓理想实现的时候再相会。字面个别未合平仄。

【创作心得】

在这么一个花季，我们倘若以诗词的方式记录自己美好的回忆与经历，想来也是一种传统的浪漫。我将那些青春中得意的、失意的、欢喜的、悲伤的人与事写入自己的诗词中，时隔多年再慢慢品味。尽管许多都已物是人非，重游故地，风景依稀，但那些值得追忆的往事不会轻易在你人生中逝去。到最后很多人与事都变得“山盟虽在，锦书难托”。经历过以后就觉得，真正重要的还是回忆，读别人的词，看别人的事。不论是“十年生死两茫茫，不思量，自难忘”，还是“沈园城里花如锦，半是当年识放翁”，总能感到自己的往事和他们的相似。读得多了，感慨多了，自己也能尝试用诗词篆刻那时烟雨。

调笑令 夏艳

方凌艺

夏艳，夏艳。明净清新
如鉴。新荷一朵惹怜。湖中
泛舟恋莲。莲恋，莲恋。云
似轻纱遮面。

【评析】

此词立意虽还好，但在表达上似乎有点不合情意，违背常理，盖一者“春艳”适令，“夏景”难乎为“艳”矣；二者秋荷结子称莲花，如何才怜新荷遽又恋莲？应作斟酌修改。

【创作心得】

诗词，总让人感觉是阳春白雪，又如姑射神人，是高不可攀的。我与诗词的结缘，要感谢我的老师——周黎霞，是她让我认识了诗词，走近了诗词，喜欢上了诗词。

小时候，我经常去奶奶工作的南园玩。那是明朝首辅王锡爵建造的园林，古色古香，风景宜人，春桃夏荷秋菊冬梅让人目不暇接。其中我最喜欢荷花。每逢盛夏，行于水廊，或坐于寒碧舫，湖面荷盖亭亭，粉白相映，冷香浮衣，如在水晶宫。以致于好多年后，当我提笔写词时，仿佛有一园荷香隔着时光飞来，姜夔说的“冷香飞上诗句”就是这样一种感觉么？于是写下了这首《调笑令·夏艳》，献给记忆中那个观荷的小女孩。

赞金仓湖

姚誉洲

朝阳万道碧波摇，
谁把珍珠湖上抛。
忽有一舟轻掠过，
惊群戏水鸟飞高。

【评析】

诗赞美金仓湖。首二句写朝阳升起的湖面，谓霞光万道随着碧波摇荡，就像有人把珍珠抛洒在湖上。三四句描绘动态场景，轻舟掠过，惊起一群戏水的鸟儿向高处飞去。末句句法板滞，不妨调整为“群飞戏水鸟惊高”。“摇”，萧韵；“抛”，肴韵；“高”，豪韵。

【创作心得】

山水草木最有灵气。每逢节假日，我总喜欢来到大自然，无论是静静地欣赏，还是放肆地奔跑，都让我感觉无比的快乐。我总想用手中的笔把它们描绘出来，让读的人仿佛进入了那个境界，感受到我的快乐。

金仓湖是太仓最大的湖，离城很近，是我经常游览的地方。湖水波光粼粼，仿佛是谁在上面洒了一把珍珠。一叶叶扁舟在湖上飘着，时常有几只鸟儿在湖面上嬉戏，真是如诗如画啊！我完全陶醉了。忽然有一叶轻舟快速掠过，只听得芦苇丛中一群鸟儿惊吓地展开宽大的翅膀，扑棱棱地飞上湛蓝的天空。我从优美的环境中苏醒过来，耳边还缭绕着鸟儿的叫声，感觉无比的心旷神怡。

我用心灵写下了我的感动，你感受到了吗？

十六字令

浦佳怡

眠。一梦春游万物观。
闻花味，香气溢身边。

【评析】

《十六字令》本是最短的一个词调，此首作品却能做到调短情长，它写春梦中观赏万物，闻花香四溢而醒。以最少量的字数，构建了令人绵绵回味的意境。

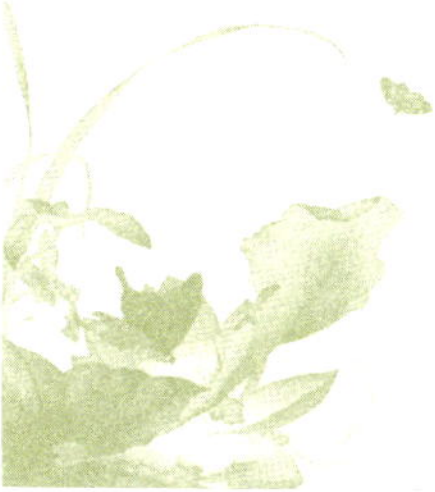

【创作心得】

我是一个内向的女孩，在人群中，我经常显得腼腆不安。而在大自然的怀抱里，我是放松的、自在的。大自然最美的时候自然是春天。每年冬天，我都翘首遥盼春天的来临，在心里默默数着春归的脚步。那一晚，我梦到了春的来临——花园中、田野上万物复苏，各种花草欣欣然张开了睡眼。在花园中漫步，在田野上打滚，各种花香围绕在我身边，以至于举手投足，都带上了阵阵香气。从梦境中醒来，我写下了这首词，笔端似乎还萦绕着花草的芬芳。

自从四年级参加江苏省“凤凰杯”大中小学生诗词比赛获奖后，我与诗词结下了不解之缘。诗词在我的心目中，是最美的体裁，我用它记录下那些打动我的瞬间。

玉阶泪　咏上官婉儿

李舒雅

千年梦里忆昭容，一主沉浮掌盛唐。
十载深闺忧却步，一朝获罪锦衣除。
夜庭月寂霜华冷，春去冬来又四秋。
御诏题诗诗震天，圣皇一念念红颜。
明堂殿内侍君侧，紫殿芳菲别夜庭。
家恨离仇今尚在，岂得心异圣恩负。
挥毫奋走彩云会，颜胜才倾青史赋。
轻指江山宰相惭，登高一赋状元俯。
持玉称任九州士，天下谁言粉黛弗。
蓟北一思思古今，江南一曲曲离苦。
问卿何怅久离居，宫禁恩囚千里逐。
玄武门前夕骤变，晓风初见红颜枯。

【评析】

诗咏写上官婉儿悲剧一生，体式上是仄韵古风。诗以鱼部的平声鱼、虞与上声麌、去声遇邻韵相叶，全篇只有“御诏题诗诗震天，圣皇一念念红颜”两句，是平声先、删韵相邻而叶。长言铺排，不忘首尾呼应，甚为难得。主要问题在于句法较少变化，如“圣皇一念”、“登高一赋”“蓟北一思”、“江南一曲”、“盛唐一梦”等；与此相关联，结体和章法的运用、驾驭方面，笔力也还显得不足。

怨风哀雨九霄坠，夜夜泪垂残柳拂。
虽获玄皇终悔疚，英魂散去难遵复。
忽闻江曲怅悠悠，泪拭华衣恨不休。
梦醒千年恨晚生，盛唐一梦悲千古。

【创作心得】

《玉阶泪》是我创作的第一首诗，诗中的主角——上官婉儿，是唐朝武则天时期的女宰相，她是我很敬仰的一位女诗人，女政治家。而我最初对诗的热忱也是因她而起，婉儿独承上官体，以女子之身持尺称量天下士，令天下折服。我也因此有感，故作《玉阶泪》。《玉阶泪》以我千年之梦为线索，描述了上官婉儿从十三岁被贬入宫为奴，到四十七岁玄武门兵变身亡，一生所经历的事迹，到最后梦醒恨晚生。这首诗包含了我对上官婉儿的崇敬与爱慕，还有不能同生于世，亲见其英举的惋惜。

无题

李莹

九州年味逐春浓，
短信如敲子夜钟。
借得万家燃爆竹，
声声祈福意千重。

【评析】

诗写除夕辞旧。首句写随着春天的脚步，九州大地的年味也愈来愈浓了。二句接写除夕辞旧夜发送短信祝福，按动键盘就如同敲响迎新的钟声，新语汇、新现象入诗。三、四句承谓爆竹声声中奉上各种美好的祝愿。诗题不切，不妨改作《除夕辞旧》。

【创作心得】

遥记初识古诗词，正是牙牙学语时。唱“大江东去浪淘尽，千古风流人物”；吟“寻寻觅觅，冷冷清清，凄凄惨惨戚戚”；诵“羁鸟恋旧林，池鱼思故渊”。

时年渐长，略知意。“乱石穿空，惊涛拍岸，卷起千堆雪。”想大江之壮阔；“乍暖还寒时候，最难将息。三杯两盏淡酒，怎敌它，晚来风急。”感陋室知冷清；“狗吠深巷中，鸡鸣桑树颠。”叹乡村之美。

今得名师，知人论事，以意逆志。长念周郎之风流，叹樯橹灰飞烟灭之豪情，英雄华发，泪散江月；又见雁过风急，想满地黄花，憔悴损，独守孤窗，愁难忘；再忆归园思，感旧林之恋，故渊之思，唯愿羁鸟入林，池鱼归渊。

此方知诗词之大美，风采难述，愿诗读百变，尽知其义。

秦楼月

陆慧嫣

疏影阶。暗香欲去淡酒冽。淡酒冽。玉盏空寒，迷醉于夜。

月沦独怜折翼蝶。峦山迭起梨花雪。梨花雪。不与缱绻，塞北荒野。

【评析】

词咏写“冬蝶”之起伏命运。词上片写蝶采梅香，迷醉于夜。首二句以疏影横阶，暗香如淡酒清冽诱人起兴。接下三句，续写蝶采梅香，如饮淡酒，迷醉于夜。下片写折翼萎弃荒野。过片“月沦独怜折翼蝶”一句，疑“沦”为“轮”之误植。蝶采梅香有如飞萤扑火，因迷醉而折翼。接下等待它的命运乃是，连绵山峦飘落下的大如梨花的雪片，而冬雪无情，不知缱绻，此折翼之蝶终于冻死塞外荒野。词旨沉厚，以无痕入有间，或有寄托者在。

【创作心得】

诗词是一门艺术，像陈年的美酒，历经千年的积淀后散发出更加浓醇的芳香。而我醉心于诗词的世界，醉心于它千古流传的魅力之中。古诗词常常给人一种时空上的距离感，事实上这种艺术是情感的载体，热爱古典诗词的人毫无疑问都是情感丰富而善于观察者。揭开古诗词所谓“千年文化传承”的面纱，你直面的是一方多愁又寂寞的世界。这个世界太小，却充满着太多的感情：渴望倾听，渴望理解，渴望人生的真谛……这个世界太大，即使囊括了世间万物，天地奇伟，却也只容得下一个人的爱恨离愁。当你跨入这方天地，抛去外界的一身铅华，可以听到古朴的钟乐，看到天边的明月，感受到无处不在的微风，还有一位与你相对而坐的交心者……在快餐式的流行文化大行其道的今天，能找到这样一方世界着实不易，所幸，还有许多的古诗词流传下来能让心灵得到沉淀。

读

朱许可

少年立志莫轻狂，
每到更深伴月光。
若有同窗相问讯，
冰心一片奉书香。

【评析】

诗写少年立志苦读，徜徉书海。首句发唱，谓年少贵在早早立下志向，而不要因轻狂而虚度年华；二句入题，谓每天都伴随月光苦读到夜深人静时。三四句转合，谓如果同窗相问讯，会奉上由书香浸润、陶冶的一片“冰心”。末句“冰心一片奉书香”即“腹有诗书气自华”之意。

【创作心得】

“诗”，一个既熟悉又陌生的名词。熟悉，是因为我从小就喜欢吟诵《唐诗三百首》，在古诗的海洋中畅游；陌生，是因为在我的认识中古诗是古人的专利，现代人创作古诗简直就是天方夜谭。然而，当周老师领着我们认识平仄、对仗、押韵等诗词的知识，带着我们了解诗人的创作过程时，那“天方夜谭”逐渐变得触手可及了。于是，带着一份激动，带着一份忐忑，写下了我的第一首诗，虽然稚嫩，却让我初尝创作旧体诗的快乐。正是这份快乐，激起了我进一步创作的热情。就这样，生活中的所见、所闻、所历、所感都成了我创作的源泉。有一天，我看书到夜深时，想起诸葛亮“非学无以广才，非志无以成学”之理，情不自禁地写下了这首《读》，以和我的同学共勉。

附录

首届『诗词中国』传统诗词创作大赛获奖名单

一 绝句

一等奖

二等奖

三等奖

优秀奖

二 律诗

一等奖

秋别……武建东

雅丹地貌赏游……郝秀普

二等奖

夜读散原精舍诗……齐 悦

忆炊烟……周辉昌

夏雨……戴大海

谒岳鄂王墓……沈 滢

塞上怀远……武建东

秋日感怀……陈俊明

题黄河壶口瀑布……杨逸明

《正气歌》长卷……杨汝楫

新春一律……徐家勇

致书法家友人……宁泉溪

秋思……刘质光

次韵王恒鼎《暮春书怀》……杨继东

三等奖

秋寄……梁宇发

致青州学友张键……蔡述金

乡思……陈玉海

辛卯人日安甫过饮舍下……齐 悦

紫禁城书感二律……杨逸明

近况……杜朋朋

衡水湖感兴……孙恒杰

初夏村居……宋炳煜

和祯祥兄《秋月》韵兼呈诸友……赵 键

醉梦吟……李云杰

游书圣故里并蔡元培旧居……邢 涛

拜恩慈母……谢洪英

优秀奖

三　古风

一等奖

二等奖

三等奖

四　词

一等奖

南乡子　悼闻一多……高　明
鹧鸪天　打工谣……杜天明

二等奖

长相思　读余光中乡愁诗……李如国
齐天乐　江城颂……易　炜
蝶恋花　滨江遗怀……徐家勇
水调歌头　钱塘江观潮……沈　滢
水调歌头　看老照片……秦博文
鹧鸪天　那年秋意……张　帆
醉花阴　菊……蒋兴国

三等奖

清平乐　口占樱花一首寄人……白　张
浪淘沙……闪　晖
鹧鸪天　盼……杜天明
一剪梅……闪　晖
诉衷情　近中秋而遐思长……郝秀普
鹧鸪天　『达维』预警解除即兴……赵　键
捣练子……陈连根
南乡子　别梦痴……胡光祥
捣练子　想家……胡庆斌
一剪梅　三潭行……秦学锋
鹧鸪天……付华强
浣溪沙　暮秋过丽娃河……邱扶东
小重山　生辰有作……高明祥
临江仙　晚秋……张　帆
忆江南　纽西兰纪游……史明迅
浣溪沙……张跃霞
浣溪沙　秋绪……田盛林

虞美人……沈滢
八声甘州 琴社雅集余兴……于家慧
满庭芳 野趣……张顺兴
西江月 妻……刘克华
水调歌头 九寨沟……兰德新

优秀奖

蝶恋花 送别……白张
相见欢 怨……赵志宇
如梦令 迟了……杨玉华
临江仙 踏春曲……侯良田
蝶恋花 惜别……张儒刚
临江仙 秋……张云花
谒金门 追风逐电话双骏……刘国坚
渔家傲 别乡抒怀……黄焕光

采桑子……杨玉华
蟾宫曲 村官感悟……侯江伟
鹧鸪天 月夜有寄……黎珍敏
诉衷情……张云花
调笑令 尚湖荷香洲……刘国坚
忆江南……谢清泉
浣溪沙……卫新华
人月圆 七夕情人节感怀……刘国坚
摊破浣溪沙 村官感悟……侯江伟
一剪梅……闪晖
临江仙……闪晖
忆秦娥 重阳送三兄父女登舟……李义生
临江仙 为『诗词中国』大赛启动作……肖永义
鹧鸪天 网中情……王九大
临江仙 嫩江平原……程杉丹